AF399453

**Robin Fuchs,** das sind Christian Handel, Jana Ronte, Nica Stevens und Andreas Suchanek. Gemeinsam schreiben die vier Autor:innen für Audible die Original-Reihe „Pech & Schwäfel".

# PECH &
# Schwäfel

## Tot im Meditationsstudio

### ROBIN FUCHS

Erstausgabe August 2024

Copyright © 2024 dp Verlag, ein Imprint der
dp DIGITAL PUBLISHERS GmbH
Made in Stuttgart with ♥
Alle Rechte vorbehalten

**Tot im Meditationsstudio**

ISBN 978-3-98998-484-4
E-Book-ISBN 978-3-98998-432-5

Dieses Werk basiert auf dem audible Original „Pech & Schwäfel – Tot im Meditationsstudio" © Audible GmbH, Berlin


Covergestaltung: Buchgewand
Umschlaggestaltung: Thorsten Sohrmann
Unter Verwendung von Abbildungen von
shutterstock.com: © Pictrider, © Igillustrator
Lektorat: Jana Ronte
Satz: dp DIGITAL PUBLISHERS GmbH
Druck und Bindung: Books on Demand GmbH, Norderstedt

Das Werk darf – auch teilweise – nur mit
Genehmigung des Verlages wiedergegeben werden.

# Prolog

»Das wird dir guttun, Tantchen«, sagte Sarah und tätschelte Maikes Arm.

Augenblicklich fühlte sich Maike wie eine ältere Dame, die gerade von ihrer Pflegerin aus dem Altenheim geholt worden war. In diesem Falle eine ziemlich gestresste und verärgerte alte Dame.

Sie unterdrückte den Reflex, trotzig ihre Arme zu verschränken. »Du klingst schon wie deine Mutter.«

An welcher Stelle hatten sie hier die Rollen vertauscht?

Gemeinsam mit ihrer Nichte steuerte Maike auf das Zentrum des körperlichen und geistigen Wohlbefindens von Niederteerbach zu: das Spa-Center. Bedachte man die heruntergekommenen Bauten ringsum, war dieses Gebäude der einzige Lichtblick. Das Wohlbefinden der Niederteerbacher war eine gewaltige Baustelle, an der dringend gearbeitet werden musste.

Maike lächelte unweigerlich.

»Siehst du«, sagte Sarah. »Du wirkst schon entspannter.«

»Liegt an den Mordfällen«, gab sie zurück.

Ihre Nichte runzelte die Stirn. »Bitte was?«

»Na, die aufgeklärten Mordfälle im Fitnessstudio und bei CryoYoung – beide im Spa-Center.«

»Ach so.« Sarah nickte wissend. »Das sagt viel über dich aus, dass du bei solchen Gedanken entspannst.« Sie zog die Tür zum Spa nach außen auf.

Maike zuckte mit den Schultern und betrat das Gebäude. In der Tür zum Spa warf sie einen kurzen Blick auf ihr Spiegelbild. Sie bereute es sofort. Die knallpinken Leggins und der weite Pulli wirkten, als sei sie auf dem Weg zu einem 80er-Jahre Aerobic-Kurs. Gut, dass sie das Schweißband zu Hause gelassen hatte.

Das hatte man davon, wenn die eigene Nichte einen Sommerferienjob bei der Bürgermeisterin machte, um bei der Digitalisierung des Archivs zu helfen – und sich diese dann in den Kopf setzte, ihrer gestressten Tante ein wenig Entspannung zu verschaffen.

Sie stiegen die Treppen hinauf zum Meditationsstudio. Sarah zog auch hier die Tür auf und Maike starrte entsetzt auf die Menschenmenge.

»Wo kommen die alle her?«

»Von überall«, sagte Sarah. »Die meisten vermutlich aus Köln.«

»Ich meinte, warum kommen die hierher? Das ist Niederteerbach, die Menschen rennen eher weg, nicht darauf zu.«

Sarah zuckte nur mit den Schultern. »Keine Ahnung.« Ihre Worte klangen ein wenig zu sehr ›gespielt ahnungslos‹.

»Nichte, spuck es aus«, sagte Maike.

»Ich sage nur: Es wird dir guttun.« Dabei stahl sich ein verschmitztes Grinsen auf Sarahs Gesicht.

»Womit habe ich das nur verdient?«, seufzte Maike.

Sarah zog sie am Arm zu zwei freien Matten im vorderen Bereich des Raums. Maike hätte sich liebend gern näher an die geöffnete Balkontür gesetzt, durch die eine sanfte Brise in den Raum drang. Doch dazu hätten sie sechs Reihen nach hinten und zwei weiter nach rechts gemusst.

Während sie durch den Raum ging, erkannte sie ein paar vertraute Gesichter in der Menge. Nicholas von Marking, der Assistent von Bürgermeisterin Graefe, saß müde auf seiner Matte. Als er ihrem Blick begegnete, sah er schnell zu Boden. Britta Taft, die Inhaberin von CryoYoung, nickte ihr freundlich zu.

Die Matten waren fächerartig im Raum verteilt. Im Zentrum ragte ein mehrstufiger Aufbau empor: Räucherschalen aus Bronze, die übereinandergeschichtet an einem Eisenpfahl angebracht waren. Aus dem Gitter direkt darunter stieg ein süßlicher Geruch nach Lavendel auf.

Maike runzelte beim Anblick der Schalenkonstruktion die Stirn. »Was ist das?«

»Die hat Patrick selbst gebaut«, sagte Sarah.

»Patrick?«, echote Maike.

»Patrick Klinkhammer. Du weißt schon: ›Klink dich ein und finde dein Om‹.« Sarah ließ Maike kurz stehen, eilte zu dem kleinen Tisch neben der Schalenkonstruktion und notierte etwas mit dem bereitliegenden Stift auf einem Papier. Sie kam zurück. »Ich hab uns eingetragen.«

Maike hatte das Gefühl, irgendwo falsch abgebogen zu sein. »Und diese Kurse sind so beliebt, dass er mit diesem Slogan ernsthaft Leute hierherlockt?«

»Er ist echt nice«, sagte Sarah. »Jetzt setz dich hin.«

Maike hatte gerade noch ausreichend Zeit, ihre Position einzunehmen. Wobei der Schneidersitz ihr den

Unterschied zwischen einer gelenkigen Sechzehnjährigen aka Sarah und einer in die Jahre gekommenen, unsportlichen Kriminalhauptkommissarin aka ihr selbst aufzeigte.

»Willkommen, meine Freunde.« Patrick Klinkhammer trat aus dem angrenzenden Raum und Maike begriff sofort, warum die Kurse so beliebt waren. Eine Mischung aus Prince Charming und Surferboy. Klinkhammer besaß einen durchtrainierten Körper, die Arme waren muskulös. Er trug ein Tanktop, dazu Jogginghosen. Das Haar leuchtete seidig und es hätte sie keinen Augenblick gewundert, hätte er es erst einmal zurückgeworfen.

»Heute werde ich euch in einer geführten Meditation hin zu eurer inneren Mitte leiten«, erklärte er mit sanfter Stimme.

Maike verdrehte die Augen. Genau, die innere Mitte. Unbedingt.

Klinkhammer aktivierte ein verborgenes Soundsystem. Sanfte Meditationsklänge schwangen aus allen Richtungen durch den Raum. Er trat an die mehrstufige Schalenkonstruktion und entzündete den Inhalt der untersten Schale, dann jene darüber und schließlich die letzte.

Ein leicht süßlicher Geruch erfüllte den Raum.

»Wir schließen die Augen«, sagte er.

Maike kam der Aufforderung nach. Sie sollten ein- und ausatmen. Es war ja nicht so, als hätte sie meditieren nicht bereits versucht. Doch sobald sie eine Meditations-App aktivierte, wurde sie nach der ersten Minute unruhig. Sie wollte aufspringen, ihre Gedanken richteten sich auf die Arbeit. Oder auf Martin und Sandro. Billie. Ihren Mörder, Torsten Esser. Die Zukunft.

Das hier würde nicht funktionieren.

Sie gähnte.

Es funktionierte.

Ihr Körper entspannte sich, ihre Gedanken glitten wie von selbst davon. Die Klänge wurden intensiver, ihre Muskeln weich und nachgiebig.

Weich und nachgiebig. Sie kicherte leise. Das Marzipan war schuld.

Sie glitt noch tiefer davon.

Erst als ein seltsamer Laut erklang, realisierte Maike, dass sie kurz eingenickt war. Lustig, das Geräusch hatte geklungen wie ein Pistolenschuss mit Schalldämpfer.

Etwas fiel zu Boden.

Maike öffnete die Augen. Sie brauchte ein paar Sekunden, bis sich das Bild in ihrem Gehirn zusammensetzte. Neben der Schalenkonstruktion lag Patrick Klinkhammer. Blut breitete sich unter seinem Körper aus. Und während um sie herum Schreie einsetzten, Menschen aufsprangen und zur Tür hetzten, konnte sie den Blick nicht von ihm abwenden.

Er hatte eindeutig seine innere Mitte gefunden. Endgültig.

# Kapitel 1

Maike kam schwerfällig in die Höhe. Was war nur los mit ihr? Sie fühlte sich noch immer ... meditativ, das traf es wohl am besten. Ein Blick in die Runde zeigte ihr, dass jene Kursteilnehmer, die so wie sie selbst weiter vorne gesessen hatten, benommen wirkten. Die Teilnehmer hinten im Raum blickten hingegen hektisch umher, die Blicke nur wenig getrübt.

Die Balkontür stand offen.

Maike ging zu Klinkhammer und neben ihm in die Knie. Der Schuss war direkt ins Herz gegangen. Nichts mehr zu machen.

»Da war jemand auf dem Balkon«, rief irgendwer links von ihr.

Zustimmendes Gemurmel kam von rechts.

Maike versuchte krampfhaft, ihre Gedanken zu klären. Erst jetzt bemerkte sie, dass Sarah neben ihr stand.

»Stell dich an die Tür«, bat sie ihre Nichte. »Niemand kommt hier rein oder raus.«

»Alles klar.« Sarah wirkte ebenfalls benommen, aber das bekam sie bestimmt hin.

Maike wollte das Smartphone hervorziehen, erinnerte sich jedoch daran, dass es mit ihren Jeans zu Hause auf dem Küchenstuhl lag. Schließlich hatte nichts die Erfahrung der inneren Mitte stören sollen.

Auf zittrigen Beinen erreichte sie den angrenzenden Büroraum – ohne sich zu übergeben – und fand dort einen Festnetzanschluss. Sie wählte die Nummer der Wache.

»Wache Niederteerbach, Polizeihauptkommissarin Gabi Petzold am Apparat«, erklang die morgendlichmuntere Stimme aus dem Hörer.

»Maike hier.«

»Ah, das ist ja nett. Wie war die Meditation?«

»Tot«, sagte Maike. »Ich meine, er. Er ist tot. Ich brauche Pöller hier und Lukas. Und Sandro muss informiert werden.«

»Wer ist tot?«, fragte Gabi.

»Patrick Klinkhammer«, antwortete sie. »Mörder auf der Flucht. Vermutlich über den Balkon geflohen.«

Sie legte auf und kehrte zurück in den Hauptraum.

Sie pfiff einmal laut und es gelang ihr tatsächlich, alle Aufmerksamkeit auf sich zu ziehen. »Bleiben Sie bitte alle ruhig. Die Einsatzkräfte sind schon auf dem Weg. Niemand verlässt das Spa ... ich meine den Meditations...dings. Also, Sie alle bleiben hier für die Befragung.«

Herrgott, sie bekam nicht einen klaren Satz zustande. Das letzte Mal hatte sie sich vor Jahrzehnten so gefühlt, als Billie ihr einen Joint vor die Nase gehalten hatte. Die gesamte Nacht war Maikes Geist eine einzige Dunstwolke aus unzusammenhängenden Gedanken gewesen. Die Räucherschale hatte eindeutig Zutaten verbrannt, die Entspannung über ein legales Maß hinaus beschleunigte. Erst jetzt nahm sie bewusst den Luftstrom wahr, der von der Tür hereinwehte und die Personen im hinteren Bereich geschützt hatte.

Britta Taft, die Inhaberin von CryoYoung, saß noch immer am Boden und schüttelte apathisch den Kopf.

»Das war wie bei der Vereisung von Della DeLorain. Nur halt mit Schuss. Und ohne Eis.«

»Sehen Sie«, sagte Maike fast verständlich. »So was passiert nicht nur Ihnen.«

Die Taft lächelte verzückt. »Stimmt.«

Es vergingen nur fünf Minuten, dann versuchte jemand, die Tür des Meditationsstudios zu öffnen. Durch die Scheibe erkannte Maike ihren Kollegen Lukas Yilmaz.

Sarah warf sich dagegen. »Niemand kommt rein oder raus!«

Maike klatschte sich die Hand gegen die Stirn, spürte Frustration und kicherte gleichzeitig. »Das ist Lukas, der darf natürlich rein. Lass jetzt alle durch, die kommen.«

»Ach so, ja«, erwiderte Sarah.

»Hallo, Maike.« Lukas trat zu ihr und blickte mit gerunzelter Stirn zu Sarah. »Was hat sie denn?« Erst jetzt bemerkte er Maikes Outfit. »Nett.«

»Wage es nicht. Kein Wort.«

Er grinste. »Ich habe gehört, Pink ist wieder in.«

Maike grinste zurück. »Nachtschichten ebenfalls?«

Er schwieg.

An der Tür rief Sarah: »Aber klar, Sie dürfen rein. Alle dürfen rein.«

Maike hatte vermutet, dass Pöller von der Spurensicherung als Nächster auftauchen würde. Stattdessen betrat ein zufriedener Ingo Brandt den Raum, nickte Sarah dankend zu und begann damit, Bilder zu schießen.

»Nein! Er nicht«, rief Maike.

Sarah zog einen Schmollmund. »Ja soll ich jetzt alle reinlassen oder nicht?«

»Herr Brandt, keine Bilder, das ist ein Tatort!« Lukas bugsierte den Reporter sofort wieder hinaus.

»Seine Seele ist fort«, erklang eine sanfte Stimme hinter Maike. Frau Kuschel stand neben dem toten Patrick Klinkhammer, ihr Blick wie immer entrückt.

»Moment mal.« Maike trat mit gerunzelter Stirn zu ihr. »Frau Kuschel, sagen Sie mir bitte, dass ich mich irre: Haben Sie etwas damit zu tun?«

»Ihr Geistesfeuer leuchtet wie immer hell und rein«, gab die Blumenverkäuferin und Teilzeit-Kifferin zurück. Sie deutete auf den mehrstufigen Schalenaufbau. »Patrick und ich haben gemeinsam an einer zeitversetzten Freisetzung gearbeitet, die uns alle langsam hin zur Mitte geleitet.«

»Ich geleite Sie gleich in eine Zelle zu Horst«, stellte Maike klar. »Was war da drin?«

»Die Rezeptur kann ich keinesfalls herausgeben.« Frau Kuschel verschränkte die Arme. »Betriebsgeheimnis.«

Bevor Maike den Weg von ihrer inneren Mitte hin zur Maximaldetonation einleiten konnte, kam Pöller hereingeschneit.

»Hallo, Frau Pech. Na, Sie haben ja ein fesches Outfit.«

Sie schloss die Augen. »Ganz ruhig.«

»Genau«, sagte Frau Kuschel zu ihr. »Sie machen das richtig. Finden Sie Ihre innere Mitte.«

Maike deutete fuchtelnd in den Raum. »Sie gehen jetzt da hinten zu den anderen Zeugen!« Sie wartete, bis Frau Kuschel weg und Pöller samt Assistent bei ihr war.

»Leiche liegt hier.« Sie deutete neben sich auf den Boden.

Pöller runzelte die Stirn. »Ist mir schon aufgefallen, ich stehe ja daneben. Leider, will ich sagen. Es stinkt wie Lavendeltee, den jemand mit Gras gestreckt hat.«

»Richtig, richtig.« So ging das nicht weiter. Sie musste an die frische Luft und benötigte dringend einen Kaffee. »Legen Sie einfach los.«

Lukas war bereits dabei, die ersten Befragungen vorzunehmen. Sarah stand noch immer neben der Tür und blickte verträumt in Richtung der Zeugen, die sich in Grüppchen zusammengefunden hatten.

Maike schob sich an allen vorbei auf den Balkon und holte tief Luft. Viel besser!

Das Geländer bestand aus dünnen Metallstreben, die senkrecht verliefen, begrenzt von einer flachen Querstrebe. Der Boden war aus schmalen Holzbohlen gefertigt, zwischen denen Lücken gelassen worden waren. Soweit sie das sehen konnte, ging der Balkon rings um das Gebäude, vorbei an den Zugängen aller übrigen Räumlichkeiten auf dieser Etage.

Testweise umrundete Maike das gesamte Stockwerk. Die Zugänge waren alle verschlossen, lediglich bei zweien war die Balkontür gekippt. Es gab außerdem zwei Feuerleitern, die ausgeklappt werden konnten. Eine war eingehakt, die andere jedoch ausgefahren. Sie reichte bis zum Boden.

»Hierüber bist du also abgehauen«, flüsterte Maike.

Sie kehrte zurück in den Raum und berichtete Pöller von ihrer Entdeckung. Möglicherweise fanden sich ja Fingerabdrücke am Handlauf der Feuertreppe.

Bevor Pöller sich auf den Weg dorthin machen konnte, meldete sich sein Assistent. »Schauen Sie mal, Chef, hier ist was.«

Gemeinsam traten sie zu ihm an die Eingangstür neben Sarah.

Die Front war verglast, der Griff ein großes, gebogenes Plastikelement, das von der Spurensicherung bereits untersucht worden war.

»Sind das ...?«, begann Maike.

»Schmauchspuren«, bestätigte Pöller. »Das Pulver macht alles sichtbar. Und ziemlich viele Fingerabdrücke.«

Maike fluchte innerlich. War der Mörder also gar nicht über den Balkon geflohen? Hatte er kaltblütig das Chaos abgewartet und war dann einfach hinausspaziert? All die vermischten Fingerabdrücke würde man kaum unterscheiden können. Und gelänge es wider Erwarten doch, den einen oder anderen Fingerabdruck zu isolieren, wäre es unmöglich, zu sagen, ob die Person der Mörder war.

»Scheiße«, sagte sie.

»Hätte ich nicht besser sagen können«, entgegnete Pöller.

»Nehmen Sie bitte von allen Anwesenden Fingerabdrücke«, sagte Maike. »Damit wir jeden mit der Anwesenheitsliste abgleichen können.«

»Wird gemacht, Frau Pech!« Pöller ging an die Arbeit.

»Darf ich bei der Befragung helfen?«, wollte Sarah wissen.

»Auf gar keinen Fall.«

»Aber ich habe doch auch die Tür bewacht«, nörgelte sie.

»Und so erfolgreich«, sagte Maike.

»Eben. Ach, komm schon, Maike. Ich kann« – sie sah sich um – »doch einfach Nicholas befragen. Wir arbeiten sowieso täglich zusammen.«

»Ja genau.« Maike nickte und deutete in Nicholas von Markings Richtung. »Wunderbar. Du befragst ihn, damit er direkt zur Graefe rennen und davon erzählen kann.«

»Super, Maike.«

»Das war Ironie!« Maike war langsam überzeugt, in einem Irrenhaus gelandet zu sein. »Du gibst jetzt deine Fingerabdrücke ab und dann ab zur Wache. Dort sagst du Gabi, dass sie deine Zeugenaussage aufnehmen soll. Und dann wartest du, bis deine Mutter auftaucht. Sie holt dich doch heute ab.«

Während Sarah schmollend abzog, wollte Maike gar nicht daran denken, wie Zoe reagieren würde. Ihre Tochter hatte live einen Mord miterlebt. Und dieses Mal nicht über einen Livestream.

Moment, hatte Sarah sie gerade ›Maike‹ genannt? Zoe hatte gestern noch am Telefon davon gesprochen, dass jetzt eine neue Phase anstand. Sobald das Gespräch an Schärfe zunahm, begann das kleine Teenager-Monster damit, Zoe und Mark mit dem Vornamen anzusprechen. Jetzt war wohl auch sie an der Reihe. Vergessen war das vertraute »Tantchen«.

Sie schloss die Augen. »Du bekommst das hin, Maike Pech.«

»Natürlich tust du das«, erklang Sandros Stimme.

Sie wünschte sich augenblicklich, dass die halluzinogenen Stoffe in der Schalenkonstruktion ihr einen Streich spielten. Doch als sie die Augen öffnete, stand er vor ihr. Wie immer saß der Anzug perfekt, die Haare waren gestylt und der Hauch eines herben Aftershaves umwehte ihn. Eines, dass sie schon mehr als einmal aus nächster Nähe und ohne Kleidung zwischen ihnen beiden gerochen hatte.

Aber das war vorbei. Maike räusperte sich. »Hallo, Sandro.«

Er betrachtete sie mit gekräuselten Lippen. »Du kannst einfach alles tragen, Maike Pech.«

»Ganz dünnes Eis, Herr Staatsanwalt«, gab sie zurück. »Eine Leiche reicht doch für heute, oder was denkst du?«

Er grinste sie an.

Die Angst, dass es nach dem Ende ihrer Affäre verkrampft zwischen ihnen werden würde, hatte sich glücklicherweise als unbegründet erwiesen. Sie konnten noch immer locker miteinander umgehen, fast sogar lockerer als vorher. Immerhin waren sie sich nah gewesen. Das Ende war ohne Streit gekommen, wie eine natürliche Entwicklung, die sie beide akzeptierten.

Sie begleitete Sandro zu Patrick Klinkhammer, der kurz davorstand, abtransportiert zu werden. Lukas war gerade dabei, allen Zeugen klarzumachen, dass es keine Handy-Aufzeichnungen geben würde. Erste Geräte waren gezückt worden, die schnell wieder verschwanden.

»Der traf direkt ins Ziel«, sagte Sandro. »Herzschuss. Okay, ich leite den Papierkram ein. Du kannst ermitteln.«

Seine Worte waren letztlich pro forma, denn bei einer derart eindeutigen Todesursache war klar, dass es sich um Mord handelte und nichts anderes.

»Erinnere mich daran, hier niemals irgendeine Spa-Behandlung zu buchen«, raunte Sandro Maike zu. »Oder gibt es hier auch mordfreie Einrichtungen?«

»Da wäre das Massagestudio«, erwiderte Maike. »Bin eben auf dem Balkon daran vorbeigekommen. Das sah lebensverlängernd aus. Wäre ich doch bloß dorthin gegangen, aber nein, es musste eine Meditation sein. Das innere Om und so.«

»Nachdem du den armen Horst so angeschrien hast, war das doch eine nette Idee von deiner Nichte«, sagte Sandro.

»Woher weißt du das denn?!«

Maike war klar, dass die Buschtrommeln in Niederteerbach eher einer perfekt durchdigitalisierten Busch-5G-Verbindung entsprachen. Da konnte der Rest von Deutschland am Faxgerät hängen – Klatsch und Tratsch wurden hier in Echtzeit übertragen. Aber gleich bis nach Köln?

»Jens hat es erwähnt«, sagte Sandro.

»Ah, dieser kleine Verräter. Bestimmt weiß er es von Zoe und die von Gabi.« Natürlich gab es da noch zwei oder drei andere Möglichkeiten, und mittlerweile musste sie Sarah als potenzielle Nachrichtenquelle in ihre Überlegungen mit einbeziehen.

»Aber warum hast du ihn angeschrien? Er singt doch immer«, sagte Sandro.

»Wenn du früh morgens ohne Kaffee an deinem Schreibtisch sitzt, der Rechner nicht funktioniert und du mit der IT-Abteilung telefonierst, die zu dir sagt: ›Haben Sie den Rechner schon mal aus- und wieder eingeschaltet?‹, und dann Horst hereinspringt und anfängt

›Happy Birthday, Mrs. President‹ zu singen, kann dir schon mal der Kragen platzen.«

Sandro begann zu lachen. »Na ja, vielleicht meinte er ja dich. Oder eine noch höhere Macht.«

»Gott?« Maike wollte nicht recht daran glauben, dass ausgerechnet Horst religiös war.

»Ich dachte jetzt eher an Bürgermeisterin Graefe.«

Maike lachte laut auf, wurde aber direkt wieder ernst. »Ich habe mich ja bei ihm entschuldigt. Aber Sarah hat es mitbekommen und deshalb kam sie auf die Idee, heute Morgen etwas gegen mein inneres Ungleichgewicht zu tun.«

»Hm«, machte Sandro.

»Was?«, fragte Maike.

»Sollte dieses Gleichgewicht jetzt nicht perfekt ausbalanciert sein?«

Maike schluckte. Ja, sollte es eigentlich. Sie hatten den Mörder von Billie vor mittlerweile einem Monat verhaftet. Nach so langer Zeit hatten Zoe und sie den Mord an ihrer besten Freundin aufgeklärt. Das Ziel ihrer Ermittlungsarbeit, auf das sie jahrelang hingearbeitet hatten, war plötzlich weg. Und so wirbelten in Maikes Geist alle möglichen Gedanken umher. Dabei schob sich stets eine Frage in den Vordergrund: Sollte sie hier in Niederteerbach bleiben? Immerhin war sie nur wegen des Mordfalls hierhergezogen. Jens schaffte es bestimmt, sie in Köln unterzubringen, falls sie das wollte. Aber wollte sie?

»Sollte es wohl«, murmelte Maike.

»Ich fahre zurück nach Köln.« Sandro hatte bereits sein Smartphone in der Hand, auf dem Sekunden zuvor eine Nachricht eingegangen war. »Halte mich auf dem Laufenden.«

»Wird gemacht, Herr Staatsanwalt.«

»Ausgezeichnet, Frau Kriminalhauptkommissarin.«

Sekunden später war er wieder aus der Tür hinaus. Maike signalisierte Lukas, dass sie noch kurz Klinkhammers Büro prüfen würde, das direkt an den Meditationsraum angrenzte.

Er trat zu ihr. »Es ist ein ziemliches Durcheinander. Die Zeugenaussagen widersprechen sich teilweise. Aber ein paar solltest du dir genauer anhören.«

»Alles klar. Wir haben die Adressen?«

»Natürlich.«

»Dann können alle gehen, außer die, die ich mir anhören soll. Mit denen will ich gleich sprechen.«

Während Lukas sich wieder den Zeugen zuwandte, betrat Maike das Büro von Patrick Klinkhammer.

# Kapitel 2

Maike atmete unweigerlich auf, als der Trubel hinter ihr zurückblieb und der süßliche Geruch verschwand. Am liebsten hätte sie Frau Kuschel am Kragen gepackt und ordentlich durchgeschüttelt. Leider war sie zum einen Beamtin – da kam das schlecht an – zum anderen war sie quasi ungewollt tiefenentspannt.

Als sie mit dem Festnetztelefon Hilfe herbeigerufen hatte, war ihr Blick lediglich kurz über den Schreibtisch gehuscht. Jetzt nahm sie sich mehr Zeit.

Das Büro war spartanisch eingerichtet, der Schreibtisch stand rechts von der Tür. Diesem gegenüber ein simples Regal aus Eisenstreben, in das einige Aktenordner geschoben worden waren. Auf dem Tisch stand ein Mac, davor lag eine Tastatur. Die Tasten sahen unbenutzt aus, sie musste neu sein. Der Notizblock daneben machte ebenfalls einen unbenutzten Eindruck, lediglich auf dem obersten Blatt standen Notizen – mit Kugelschreiber gekritzelt. Ein Datum, die Umrisse eines Hauses, darunter etwas, das Maike an ein Kaninchen erinnerte.

»Wir wären so weit.« Lukas' Stimme ließ Maike zusammenzucken. Er ergänzte: »Du bist aber schreckhaft.«

»Schleich dich nicht so an. Ich bin noch total in der Meditation. Also dem Gefühl.«

»Glaub ich sofort.« Lukas ließ eine Braue in die Höhe wandern. »Deine Augen sind glasig und deine Pupillen riesig.«

»Dieser Idiot hat irgendein Zeug von der Kuschel in dieses Schalenräucherding gegeben. Die Kuschel will aber nichts dazu sagen – Geheimrezept.«

»Pöller hat schon Proben genommen und alles in Behälter verstaut«, sagte Lukas. »Die Kölner werden ein toxikologisches Gutachten machen lassen.«

»Toll«, sagte Maike. »Ich sehe schon die nächste Schlagzeile: Graskommissarin ist voll drauf. Hashtag: GreenGranny.«

»Du sprichst jetzt in Hashtags?«, fragte Lukas.

»Das ist der Einfluss meiner Nichte«, erwiderte sie. »Man nimmt so schnell schlechte Angewohnheiten an. Als Nächstes nenne ich dich Digger. So reden die heute in der Schule.«

Lukas schmunzelte. »Vielleicht sollten wir zukünftig einfach selbst einen Social-Media-Account betreiben. Es gibt einige Polizeiwachen, die einen haben. Hilft bei der Kommunikation und damit kontrollieren wir etwas besser ... na ja, die Hashtags.«

»Bei unserer Bürgermeisterin kannst du dir mit dem Vorschlag Pluspunkte holen«, sagte Maike.

Dabei legte sie bewusst genug Abneigung in ihre Stimme, damit Lukas diese Idee wieder fallen ließ. Seit den Ermittlungen im Fall Della DeLorain wollte Maike von Social Media nichts mehr wissen.

»Kannst du bitte mal die Schubladen durchsuchen?«, bat Maike. »Ich habe keine Handschuhe dabei.«

Lukas hatte seine schwarzen Einmalhandschuhe bereits übergestreift. Ihre befanden sich leider beim Rest ihrer Ausrüstung.

Lautlos glitten die Schubladen heraus.

»Die sind leer«, sagte er. »Und nagelneu.«

»Ist jetzt nicht überraschend. Hier scheint fast alles nagelneu zu sein« Maike überprüfte jede Schublade, die er öffnete, ebenfalls mit einem schnellen Blick. »Ist ja erst seit einigen Wochen geöffnet. Andererseits sieht es selbst dafür hier noch recht leer aus. Sag mal, was wissen wir denn über dieses Meditationsstudio und Patrick Klinkhammer?«

»Nicht viel«, antwortete Lukas. »Ich habe Gabi kurz angerufen, er hat keine Akte. Nicht einmal geblitzt wurde der. Hat noch vor der Eröffnung des Spa-Gebäudes die Räume für sein Meditationsstudio angemietet. Und bevor es losging, hat er einen YouTube-Kanal aufgezogen und einige tausend Follower gesammelt.«

»Vorherige Tätigkeit?«, fragte Maike.

Lukas schüttelte nur den Kopf. »Gabi ist dran, aber das dauert noch etwas. Bis wir in der Wache sind, hat sie bestimmt alles zusammen, auch die Adresse.«

Maikes Blick fiel auf die Aktenordner, deren Rücken nicht beschriftet waren. Sie konnte von oben sehen, dass nur in einem Ordner einzelne Blätter abgeheftet worden waren – die anderen waren leer. Diesen Aktenordner zog sie heraus und blätterte ihn durch.

»Und?«, fragte Lukas.

»Der Mietvertrag. Abgeschlossen auf zehn Jahre. Was den Erfolg angeht, muss er sich sehr sicher gewesen sein. Kaution wurde nicht über eine Bürgschaft abgewickelt, er hat sie bezahlt. Drei Monatsmieten im

Voraus, bar auf die Hand. Hier ist eine Quittung. Ungewöhnlich.« Sie pfiff durch die Zähne. »Ganz ordentliches Sümmchen. Und hier sind Belege für das gekaufte Material, aus dem er diese dämlichen Schalen gemacht hat.«

Sie hätte sie hinter der Fassade des entspannten Meditationsgurus nicht so eine strukturierte Persönlichkeit vermutet. Wie so oft trog der Schein auch hier. Hinzu kam die Tatsache, dass Barzahlungen immer etwas Verdächtiges hatten, sobald es um größere Beträge ging.

»Okay«, sagte Maike. »Knöpfen wir uns endlich die Zeugen vor.«

»Was ist mit dir?«, fragte Lukas.

»In welchem Kontext?«

»Du bist wie die anderen siebzehn Personen im Raum eine Zeugin«, sagte er. »Hast du etwas mitbekommen?«

»Das hätte ich, wenn dieses blöde Kraut mich nicht so benebelt hätte«, stellte Maike klar. »Stattdessen bin ich eingenickt. Erst der Schuss hat mich geweckt.«

Lukas notierte natürlich eifrig. »In Ordnung.«

Sie verließen das Büro.

Von den Teilnehmern waren noch zwei Personen geblieben, ein Mann und eine Frau.

»Wird das jetzt mal was?« Der Kerl schob sich nach vorne. »Ich arbeite bei einer Bank und hab nicht ewig Zeit. Muss nach Köln ins Büro. Meine Aussage haben Sie ja.«

Er war Mitte dreißig, perfekt gestylt und offenbar einem Modekatalog entliehen. Quasi Sandro, nur in dunkelblond und hochnäsig. Maike blendete seine Worte einen Augenblick aus und genoss den Anblick.

Dann fragte sie: »Und Sie sind?«

»Florian Silberstahl.«

»Ach, nicht Silbereisen?« Lukas strich hektisch etwas auf seinem Notizblock durch.

»Haha.« »Hör ich heute zum ersten Mal den Witz.«

Maike wandte sich der Frau zu. »Und Sie sind?«

»Sabina Adrigal«, antwortete sie. »Der arme Herr Klinkhammer. Wissen Sie, ich gehöre zum Reinigungstrupp hier im Haus.«

»Dann haben Sie ja noch etwas Zeit.« Silberstahl machte einen Schritt auf Maike zu. »Also stellen Sie Ihre Fragen. Oder kann ich gehen? Natürlich werde ich mich jederzeit zur Verfügung halten.« Ein Zahnpastalächeln blitzte auf.

Maike konterte mit der Haifischversion eines Lächelns. »Raten Sie mal.«

Er stöhnte genervt auf und warf die Arme in die Luft.

»Frau Adrigal, kommen Sie doch kurz mit.« Gemeinsam traten Maike, Lukas und Sabina Adrigal in den vorderen Bereich des Raums. »Es tut mir leid, dass Sie das hier mit ansehen mussten. Sie kannten Herr Klinkhammer?«

Adrigal wirkte irritiert. »Kennen, nein, wieso?«

»Das klang gerade so, als hätte sein Tod Sie getroffen.«

»Nun, wir reinigen natürlich alle Räume hier im neuen multifunktionalen Zentrum für Herz und Seele ...«

»Du lieber Himmel, müssen Sie das echt sagen?«

»Der Slogan ist Vorschrift«, bestätigte sie mit einem entschuldigenden Nicken. »Er lädt Menschen dazu ein, sich hier wohlzufühlen.«

»Ich kann Ihnen auf Anhieb drei Leich… Personen nennen, die das anders sehen«, sagte Maike.

»Oh ja, ich weiß. Deshalb wird es auch so gut bezahlt, kaum noch jemand will hier eingeteilt werden«, erklärte Frau Adrigal. »Alle haben Angst, dass sie eine Leiche im Pool entdecken, wie die arme Samira vor fünf Monaten.«

Maike erinnerte sich dunkel an Samira Gamal, die über den toten Pornodarsteller Jonas Sperling im Stringtanga gestolpert war.

»Ja, das muss ein schrecklicher Anblick gewesen sein.«

Frau Adrigal nickte. »Herr Klinkhammer wollte nicht, dass wir hier putzen. Er sagte, dass er uns unterschreibt, dass alles sauber gemacht wurde, aber wir sollen es nicht tun. Die Chefin muss das ja nicht wissen.«

»Und Sie haben es Frau …« Maike erinnerte sich nicht mehr an den Namen.

»Charlotte Kreutzer«, half Lukas aus und tippte sich mit dem Stift gegen die Schläfe. »Ist mein U40-Gehirn.«

»Ich gebe dir gleich einen Ü40-Tritt in den Hintern«, sagte Maike, bevor sie sich wieder mit einem Lächeln der Zeugin zuwandte. »Entschuldigen Sie. Spaß unter Kollegen. Sie haben es Frau Kreutzer nicht gesagt?«

»Nein. Das hätte nur Stress gegeben«, sagte Frau Adrigal. »Der Herr Klinkhammer war dankbar. Hat gesagt, ich kann jederzeit in den Kurs kommen. Kostenlos. Und da habe ich heute zum ersten Mal …« Sie sah betreten zur Seite.

»Konnten Sie denn etwas hören? Oder sehen?«, fragte Maike.

Die Reinigungskraft sah wieder zu ihr. »Es war merkwürdig. Zuerst war mir ein wenig schwummerig, der ganze Nebel und so. Aber dann habe ich den Schuss gehört und eine Bewegung wahrgenommen.«

Maike nickte. »Am Balkon.«

»An der Tür«, widersprach Frau Adrigal. »Als ich hinsah, war da jedoch nichts.«

Womit die Wahrscheinlichkeit wuchs, dass der Mörder die Tür genutzt hatte. Die Schmauchspuren auf der Klinke deuteten ebenfalls darauf hin. Das hätte aber bedeutet, dass der Schuss nicht vom Balkon gekommen war, sondern aus dem Inneren des Raumes. Und wieso war dann die Feuerleiter ausgeklappt?

»Wir haben die Adresse von Frau Adrigal?«, fragte Maike.

Lukas nickte.

»Dann können Sie jetzt gehen. Wir melden uns, falls weitere Fragen auftauchen.«

Mit einem kurzen Nicken eilte die Frau davon. Maike wollte sich dem Banker zuwenden, als überraschenderweise Pöller über die Balkontür den Raum betrat.

Sie gab Silberstahl ein Handzeichen, dass es noch einen Augenblick dauerte. Dieser warf erneut genervt die Arme in die Luft und ging unruhig auf und ab.

»Der hat die Meditation auf jeden Fall dringend nötig«, murmelte Lukas.

»Herr Pöller, was machen Sie denn noch hier?«, fragte Maike.

»Keine Sorge, der Klinkhammer ist schon auf dem Weg zu Ihrer Freundin, Frau Pech. Sie haben doch gebeten, dass wir auch das Geländer bei der Feuerleiter prüfen. Haben wir gemacht. Und dreimal dürfen Sie raten, was wir da gefunden haben.«

Stille.

»Das war jetzt für den dramatischen Moment«, sprach Pöller weiter. »Schmauchspuren waren dort.«

»Dort auch?«, fragte Maike verblüfft. »Aber der Mörder kann doch nicht auf beiden Wegen geflohen sein.«

Lukas runzelte die Stirn und sah zwischen den Ausgängen hin und her. »Ein Komplize vielleicht?«

»Aber der hätte dann keine Schmauchspuren an den Händen gehabt, oder?« Maike knabberte gedankenverloren auf ihrer Unterlippe. »Und wenn nur einer geschossen hat, müssten nicht beide fliehen. Das wäre viel zu riskant. Das passt überhaupt nicht zusammen.«

»Vielleicht ist hier ja noch irgendwo jemand erschossen worden«, schlug Pöller vor. »Aller guten Dinge sind vier.«

»Sie haben einen goldigen Humor, Herr Pöller.«

»Sie heute aber auch, Frau Pech.«

Was eindeutig auf ihr Outfit bezogen war. Glücklicherweise zog er mit einem Grinsen von dannen.

Mit einem kurzen Aufatmen wandte Maike sich an den verbliebenen Zeugen. »Herr Silberstrahl, es tut mir leid, dass Sie warten mussten.« Was keineswegs der Wahrheit entsprach, aber Maike hatte nicht vor, ihren Zeugen endgültig in einen Wutanfall zu treiben.

»Silberstahl«, korrigierte er. »Was wollen Sie denn wissen?«, fragte dieser dann auch in einem lediglich dezent gereizten Tonfall.

»Wie sind Sie denn auf den Kurs aufmerksam geworden?«

»Ich arbeite in Köln bei der Bank, bei der Herr Klinkhammer Kunde ist«, erklärte er. »Wir haben ... hatten eine gute Geschäftsbeziehung und da hat er mich eingeladen, seinen Kurs zu besuchen.«

»Das scheinen hier ja ziemlich viele Geschäftspartner gewesen zu sein«, sagte Maike.

Silberstahl grinste unverschämt. »Ach, Sie auch?«

»Jetzt schon«, parierte Maike.

Sein Lächeln verschwand wie ausgeknipst. »Da haben Sie natürlich recht. Sehr tragisch das Ganze.«

»Haben Sie im Verlauf der Meditation denn etwas beobachtet, was uns helfen könnte?«

»Erst ging dieses Gedudel los. Hat mich total überrascht, dass ich tatsächlich entspannen konnte, normalerweise geht das bei mir nicht so einfach. Heute allerdings war ich tiefenentspannt. Aber dann kam der Schuss. Wusste zuerst nicht, was es war. Danach habe ich irgendwas vom Balkon gehört.«

»Können Sie das näher beschreiben?«, fragte Maike.

Silberstahl deutete auf die Balkontür.

»Ich meinte das Geräusch«, ergänzte Maike.

»Nicht wirklich«, sagte er. »Die Situation wurde so schnell unübersichtlich und chaotisch. Jeder hat geschrien, sich bewegt. Aber ich bin sicher, da war etwas.«

Und das war auch schon alles, was Florian Silberstahl zu sagen hatte.

Maike versicherte sich bei Lukas, dass sie seine Adresse besaßen, dann durfte er gehen. Als die Tür hinter ihm ins Schloss fiel, herrschte endlich Ruhe.

Für Lukas und sie blieb nichts mehr zu tun. Sie verließen das Meditationsstudio und kurz darauf das Gebäude. Draußen atmete Maike auf.

»Weißt du, so langsam müsste ich es doch begriffen haben«, sagte sie. »Spa, Fitnessstudio, Meditationsraum ... von diesen Wellness- und Sportorten sollte ich mich fernhalten.«

Sie eilten gemeinsam die Straße in Richtung Rathaus entlang.

»Ich gehe auch alle zwei Tage ins Fitnessstudio«, merkte Lukas an. »In Köln. Dort ist bisher noch niemand gestorben. Nur Sportunfälle gab es. Und Verstöße gegen die Sittlichkeit in den Umkleiden.«

Maike zuckte nur pragmatisch mit den Schultern. Das war halt Köln.

»Ich gehe noch kurz mit auf die Wache, um Gabi zu briefen und mich um meine Lieblingsnichte zu kümmern. Danach ziehe ich mich wohl besser mal um.«

Sie betraten das Rathaus und gingen die Treppen hinauf zur Wache.

# Kapitel 3

»Deine Nichte ist oben bei der Bürgermeisterin, um weiter zu digitalisieren«, sagte Gabi, während sie Maike von oben bis unten mit ihrem typisch mütterlichen Blick musterte. Ihre Mundwinkel mochten dezent zucken, doch kein Kommentar kam über ihre Lippen.

»Dann ist wenigstens das geklärt«, sagte Maike. »Die soll sich ruhig noch bis heute Abend dort oben beschäftigten.«

Mark würde Sarah heute früher abholen, das hatte Meike geklärt. An jenen Tagen, an denen Maike sowieso bei ihrer besten Freundin Zoe und deren Göttergatten aka Maikes Bruder Mark zu Abend aß, nahm sie Sarah einfach selbst mit. Aber nicht heute.

Maike hatte noch immer nicht ganz begriffen, wieso ausgerechnet ihre Nichte, die normalerweise nicht durch besonderen Fleiß auffiel, sich für den Job während der Sommerferien hatte bewerben wollen. Anfangs hatte sie eine Schwärmerei für Lukas vermutet, doch der wurde von Sarah mittlerweile fast vollständig ignoriert.

»Ich habe die Adresse von Patrick Klinkhammer«, sagte Gabi. »Er wohnt in Oberteerbach.«

»Ach«, sagte Maike nur. »Da sehe ich das auch mal aus der Nähe. Beim letzten Mal war es nur der Bauernhof.«

Der ständige Streit zwischen Ober- und Niederteerbach war jedem hier im Ort bekannt. Insbesondere Bürgermeisterin Graefe und ihr Gegenstück Wilhelm Herzog lagen dauerhaft im Clinch. Jeder wollte seinen eigenen Ort über den des anderen stellen, groß machen, träumte von landesweiten Berichten und Schlagzeilen. Gesehen hatte Maike den Ort bisher nicht.

»Haben wir sonst noch etwas?«, fragte sie.

»Lukas hat mir ein Bild von der Anwesenheitsliste geschickt.« Gabi saß in ihrer Polizeiuniform hinter dem Schreibtisch, der mit dem von Lukas aneinandergequetscht in dem kleinen Büro stand. Sie tippte resolut auf ihrer Tastatur herum, wobei ihr graues Haar wippte. »Ich habe mir einen groben Überblick verschafft und konnte alle Namen zuordnen. Insgesamt sechs Personen von der Liste sind in Panik rausgerannt, zwei direkt weggefahren. Ich denke, von den panischen Flüchtigen finde ich die Adressen noch. Alle anderen sind vor Ort geblieben und wurden von Lukas befragt.«

Maike war dankbar für die Anwesenheitsliste, die Patrick Klinkhammer geführt hatte. »Alles klar. Dann machst du da bitte weiter. Ich will von jeder Person, die in diesem Meditationsraum war, die Adresse und die Fingerabdrücke haben. Und natürlich eine Aussage.«

Wenigstens konnte sie langsam wieder geradeausdenken, die Wirkung des benebelnden Zeugs ließ nach.

»Wir sollten uns die Wohnung von Klinkhammer ansehen, oder?«, warf Lukas ein.

»Ich gehe noch schnell ...«

»Auf keinen Fall kommst du damit durch«, erklang die Stimme von Bürgermeisterin Graefe vom Eingang her.

Maike schloss die Augen und betete, dass dieser Kelch wenigstens heute an ihr vorbeiziehen möge.

Vergeblich.

Sabine Graefe betrat den Raum, hielt kurz inne und sah in die Runde. Das ihr eigene Atomreaktorglühen schien vom ganzen Körper auszugehen. Dieses Mal stand jedoch auch etwas Wildes in ihrem Blick. »Frau Pech, Sie ... was haben Sie denn da an?«

»Die neue Uniform der Wache«, antwortete Maike trocken. »Gefällt sie Ihnen?«

»Für Ihren Humor haben wir leider gar keine Zeit«, sagte die Graefe. »Es ist etwas Schlimmes passiert, um das wir uns sofort kümmern müssen. Und mit wir meine ich Sie.«

»Soll ich mal raten: Bürgermeister Herzog?«

»Sie sind wirklich gut.« Sabine Graefe nickte. »Willy hat mich eben angerufen. Er hat wohl bereits von diesem Toten erfahren. Wieso wusste ich davon eigentlich nichts?«

Maike blickte demonstrativ auf ihre nicht vorhandene Armbanduhr. »Das ist höchstens eine Stunde her.«

»Wir brauchen dringend eine Leitung für Notfälle hoch in mein Büro«, verkündete die Graefe.

»Das normale Telefon müsste doch ausreichen«, sagte Gabi.

»Ausgezeichnet, Sie informieren mich also zukünftig, Frau Petzold.« Die Bürgermeisterin strahlte. »Aber zurück zum Thema. Willy hat irgendwas genuschelt, dass er selbst die Ermittlung führen wird.«

Nun war Maike doch verblüfft. »In einem Mordfall?«

»In Ihrem Mordfall«, stellte die Graefe klar. »Was auch immer er wieder ausheckt, geben Sie keinen Millimeter nach, Frau Pech. Ich verlasse mich da auf Sie.«

»Das tut mein Chef auch«, erklärte Maike. »Und da gibt es ein paar Gesetze, die klarstellen, dass ein Bürgermeister nicht selbst ermittelt. Übrigens auch keine Bürgermeisterin.«

»Tja-ha. Genau.« Die Graefe zupfte leicht an ihrem Haar, als müsste sie irgendetwas richten.

Der Wink mit dem Zaunpfahl war also angekommen. Maike erinnerte sich noch gut an die Mordermittlung im Fall Della DeLorain, wo die umtriebige Bürgermeisterin quasi in das Hotelzimmer einer Verdächtigen eingebrochen war, um selbst nach Beweisen zu suchen.

»Ich werde mich kurz umziehen und dann fahren wir direkt zur Wohnung des Opfers«, sagte Maike. »Das wird sich alles klären.«

Die Graefe nickte versonnen. »Bestimmt kommt der Mörder auch aus Oberteerbach. Wundern würde mich das nicht. Willy greift da nicht richtig durch. Das ist typisch für ihn. Früher in der Schule hat er sich auch immer in den Vordergrund gedrängt ... ha, aber wenn meine Kriminalhauptkommissarin diese Sache aufklärt, wird er Augen machen.«

Damit wandte die Graefe sich um und ging hinaus.

»Wie macht sie das, stets nur das zu hören, was sie hören will?«, fragte Maike.

Gabi winkte ab. »Sie und der Willy haben sich schon in der Schule um den Posten des Klassensprechers gestritten. Ich glaube ja, sie will auf ihre alten Tage noch irgendwann Bundeskanzlerin werden.«

»Die Graefe-Lösung für Deutschland«, sagte Maike. »Das macht mir ein bisschen Angst.«

Maike durchdachte kurz die weiteren Schritte. »Ich schaue doch erst bei Sarah vorbei, bevor ich mich umziehen gehe.«

Immerhin war ihre Nichte gerade Zeugin eines Mordes geworden, da wollte Maike sichergehen, dass sie alles gut verkraftete.

»Danach geht's kurz in meine Wohnung. Wir treffen uns am Auto, Lukas. Vielleicht kommst du ja zufällig auf dem Weg bei Harald vorbei und bringst mir einen Kaffee mit?«

»Zufällig«, sagte er grinsend. »Auf dem Weg die Treppe nach unten aus dem Rathaus?«

»Ich wusste, auf dich kann man sich verlassen.« Maike schlug ihm auf die Schultern und ging zum Ausgang der Wache.

»So viel zu ›sie hört nur, was sie hören will‹«, rief er ihr neckend hinterher.

Maike trat auf den Gang und zuckte mit den Schultern. Ein bisschen Graefe-Lösung schadete schließlich nicht.

Sie stieg die Stufen im Rathaus hinauf. Es geschah nicht oft, dass sie diesen Weg nahm. Was zum einem daran lag, dass sie kein Interesse hatte, noch mehr Zeit mit der Bürgermeisterin zu verbringen. Zum anderen bevorzugte sie auf dem Weg nach oben grundsätzlich den Fahrstuhl.

Der Sitz der Bürgermeisterin bestand aus einem Vorraum, wo normalerweise Nicholas von Marking saß. Der junge Assistent der Graefe trug stets Chinos, Hemd, und sein dunkles Haar sah aus, als wäre es mit dem Lineal frisiert worden.

Heute war von ihm nichts zu sehen.

Die Tür zum Büro der Bürgermeisterin war geschlossen. Auf der rechten Seite befand sich der kleine Ablageraum mit den Akten und einem Multifunktionsgerät, das Sarah für das Digitalisieren nutzte.

Auch diese Tür war geschlossen.

Maike klopfte kurz und öffnete sie.

Sarah schreckte zur Seite, Nicholas von Marking zuckte zurück.

»Maike!«, rief ihre Nichte.

Allein die Tatsache, dass Sarah sie erneut mit ihrem Vornamen ansprach, verschlug Maike die Sprache.

»Frau Kriminalhauptkommissarin«, krächzte Nicholas, wobei er offensichtlich nicht wusste, wohin mit seinen Händen. »Wir haben gerade ... digitalisiert.«

»Ah«, sagte Maike. »Ihr habt ... digitalisiert. Nennt man das jetzt so.«

»Nicholas hat mich nur getröstet, Maike«, erklärte Sarah. »Wegen dem Trauma.«

»Des Traumas«, korrigierte sie im Reflex. »Und seit wann nennen wir uns beim Vornamen?«

»Bitte, sei jetzt nicht peinlich«, sagte Sarah mit einem Seufzen.

»Ach. Soll ich einfach wieder gehen und ihr digitalisiert hier weiter?«, fragte Maike.

»Das wäre toll«, erwiderte Sarah. »Machst du die Tür wieder zu?«

Maike zählte innerlich bis zehn. Ihr Blick schien jedoch ausreichendes Gefahrenpotenzial zu signalisieren, zumindest in Richtung Nicholas.

»W... wir lassen die Tür vielleicht auch einfach offen?«

»Ach, die Idee finde ich nicht schlecht«, sagte Maike.

»Frau Pech?«, erklang eine Stimme hinter ihr. »Wusste ich doch, dass ich Sie gehört habe.«

Die Bürgermeisterin trat zu ihnen in den kleinen Raum.

»Ich bin so begeistert von ihrer Nichte«, sagte die Graefe. »Jeden Tag pünktlich hier. Dann vergraben die beiden sich in dieser gemütlichen kleinen Kammer und wenn die Tür wieder aufgeht, wurde richtig viel digitalisiert.«

»Da habe ich keinen Zweifel«, sagte Maike.

Jetzt erinnerte sie sich auch wieder an den Blick, den Sarah Nicholas bei der Meditation zugeworfen hatte. Deshalb hatte sie vermutlich überhaupt erst dorthin gewollt. Dieses kleine Früchtchen hatte Maike benutzt.

»Digitalisieren Sie auch in der Wache?«, fragte die Graefe. »Sonst kann ich Ihnen Sarah und Nicholas gerne ausleihen, sobald sie hier fertig sind.«

Maike fand es irgendwie amüsant, dass Sarah knallrot wurde und Nicholas von Marking wirkte wie ein Reh im Scheinwerferlicht.

»Ich bin sicher, dass Sarah eine Meisterin der Digitalisierung ist und in den verbleibenden Tagen dieses Praktikums sämtliche Akten bearbeiten wird, richtig?«

»Alle?« Sarahs Augen wurden groß.

»Aber ja. Andernfalls wäre die Bürgermeisterin sicher enttäuscht. Und deine Mutter erst.«

»Alle!«, bestätigte Sarah schnell. »Nicholas und ich bekommen das hin.«

»Wofür ihr euch aber nicht ständig einschließen müsst«, sagte Maike zuckersüß. »Eine offene Tür macht auch für Besucher der Bürgermeisterin einen viel besseren Eindruck. Dann können die sehen, wie fleißig hier gearbeitet wird.«

»Aber Frau Pech.« Die Bürgermeisterin strahlte. »Das ist eine ausgezeichnete Idee. Politik der offenen Türen ist ja sowieso mein Motto. Ab sofort bleibt hier jede Tür offen.« Ihr Blick ging in die Ferne. »Davon könnte der Herr Brandt auch direkt ein Bild machen. Reife Professionalität und unbedarfte Jugend arbeiten Hand in Hand an einem Projekt mit offenen Türen.«

Sie ging wieder davon.

»Dann wäre das ja geklärt«, sagte Maike.

Sarah hatte rote Wangen bekommen. »Du bist so unfair, Maike.«

»Willst du das lieber mit deiner Mutter klären? Dachte ich mir. Und für dich bin ich immer noch ›Tante Maike‹.«

Ihr gelang es mit Mühe, das genervte Seufzen von Sarah zu ignorieren. Diese mochte mit ihren sechzehn Jahren und nach dem Ende ihrer ersten Beziehung neue Erfahrungen sammeln. Aber sicher nicht unter Verwendung von Maike als Alibi.

Wenigstens wirkte Nicholas von Marking ganz sympathisch. Über den Rest durfte Zoe sich Gedanken machen.

Während Maike das Rathaus verließ, fragte sie sich, warum manche Tage bereits am frühen Morgen so kolossal danebengingen. In der Ferne sah sie die Tachmoiner vor Harrys Fressoase sitzen. Lukas stand bei ihnen. Wenigstens war ihr Kaffee gesichert.

Sie erreichte ihre Wohnung, öffnete die Tür und stieg die Stufen hinauf. Beim Eintreten wurde sie von

Crockett und Tubbs begrüßt. Die Katzen schlängelten sich um ihre Beine und ließen ein kurzes Kraulen zu, bevor beide wieder davonschossen. Vermutlich, um es sich im Wohnzimmer auf der Couch oder auf ihrem Kratzbaum in Maikes Schlafzimmer gemütlich zu machen.

In Rekordzeit schälte sich Maike aus den viel zu engen Leggins und dem Pullover. Wie sie diesen dämlichen Aufzug bereute. Zukünftig würde sie in jeder Situation mit einem Mord rechnen und entsprechend passende Kleidung tragen.

In den Jeans, ihren Doc Martens und einem T-Shirt fühlte sie sich deutlich wohler. Sie nahm Smartphone, Geldbeutel, Dienstmarke und Waffe an sich.

Auf dem Display waren mehrere Nachrichten und zwei Anrufe von Zoe gelistet. Ihre beste Freundin hatte vermutlich längst die Leiche von Patrick Klinkhammer auf dem Tisch.

Maike wählte den Rückruf.

»Da bist du ja endlich«, erklang die vorwurfsvolle Stimme aus dem Hörer. »Geht es dir gut? Und Sarah?«

»Wieso sollte es uns nicht gut gehen?«

»Pöller hat erzählt, dass ihr live dabei wart«, gab Zoe zurück. »Meine liebe Tochter hat mir zwar geschrieben, dass sie ›total fein‹ ist und ich sie nicht bemuttern soll, das wäre ›nice‹, weil das sonst ›schon dezent cringe‹ wäre.«

»Sarah geht es gut«, sagte Maike. »Sie ist mit der Digitalisierung beschäftigt.«

»Dann ist ja gut.«

Mehr oder weniger. Doch Maike beschloss, ihrer besten Freundin erst beim Abendessen von Sarahs

Digitalisierungstechnik zu erzählen. Auf diese Art konnte sie allzu aggressive mütterliche Reaktionen dämpfen.

Maike wechselte das Thema. »Hast du Patrick Klinkhammer schon obduziert?«

»Also hexen kann ich dann doch nicht«, gab Zoe zurück. »Aber er wird gerade von Mira und Thomas vorbereitet. In ein paar Stunden bekommst du erste Ergebnisse. Sieht für mich aber eindeutig aus.«

»Ehrlich gesagt glaube ich auch, dass du dieses Mal nichts Besonderes findest«, sagte Maike. »Der Schuss hat ihn umgenietet. Das wars.«

»Jetzt verdirb mir doch nicht den ganzen Spaß.«

»Deine Definition von Spaß ist schon manchmal gruselig.«

»Werd nicht frech, sonst musst du auf den Papierkram warten und bekommst nichts mehr über den kleinen Dienstweg.«

»Ist ja gut, ist ja gut, ich strecke die Waffen«, sagte Maike.

Mit einem Rums fiel die Tür hinter ihr ins Schloss, sie stieg die Treppen hinunter und verließ das Haus.

»Du, Lukas wartet schon. Wir fahren nach Oberteerbach, da hat der Klinkhammer gewohnt. Halt mich auf dem Laufenden.«

»Wird gemacht.«

»Viel Spaß«, konnte Maike sich nicht verkneifen, legte dann aber ganz schnell auf.

Vor ihrem kackbraunen Dienstwagen reichte Lukas ihr den Becher aus der Wache, den Harald aufgefüllt hatte.

»Du bist ein Schatz.« Allein der Geruch von Koffein belebte ihren Geist.

Sie stiegen in den Wagen und Maike parkte aus.

Es war Zeit, tiefer in das Leben von Patrick Klinkhammer einzutauchen.

# Kapitel 4

»Und dieses Mal so richtig live?«, fragte Mira mit eindeutig zu viel Ich-bin-beeindruckt in der Stimme.

Ihr pink gefärbtes Haar war der einzige Farbtupfer im Einheitsgrau des Obduktionsbereichs. Die bleiche Haut ergänzte wiederum perfekt den weißen Kittel und mit den violetten Einmalhandschuhen wirkte das Ganze wie eine astrein abgestimmte Garderobe.

Zoe atmete tief ein und wieder aus, was direkt neben einer Leiche nicht unbedingt die beste Möglichkeit war, runterzukommen. Glücklicherweise war sie an den Geruch gewöhnt. Das Gespräch mit Sarah musste bis zum heutigen Abend warten.

Sie konzentrierte sich auf das Hier und Jetzt. Auf dem Edelstahltisch des Obduktionssaals war die Leiche des Meditations-Gurus aus Niederteerbach aufgebahrt, der Organtisch verlief über die gesamte Breite am Fußende. Seitlich lagen alle Instrumente bereit, auf einem Extratisch standen Entnahmebehältnisse.

»Nicht schlecht, deine Tochter.« Thomas setzte noch einen drauf. »Beim letzten Mord via Livestream dabei, jetzt direkt in Sichtweite. Als Nächstes übernimmt sie den Mord selbst.«

»Für meinen Geschmack seid ihr beide heute viel zu gut gelaunt.«

Zoe blickte zwischen Mira und Thomas hin und her. Letzterer leitete mit ihr gemeinsam die Obduktion.

»Wärst du auch«, sagte Mira, »wenn du das Spiel gestern hättest sehen dürfen.«

»Live. Und wir haben gewonnen«, erklärte Thomas.

Womit das Thema Sarah erst einmal erledigt war. Über ihre Liebe zum 1. FC Köln hatten ihre beiden Kollegen eine Freundschaft außerhalb des Obduktionssaals entwickelt. Seitdem flogen immer wieder Bemerkungen über Elfmeter und Abseits hin und her, wenn ein Spiel stattgefunden hatte. Die Laune wurde allerdings auch dann synchronisiert, falls es mal für den Kölner Traditionsverein danebenging.

Zoe wartete die obligatorischen fünf Minuten, bis sie mit einem Räuspern das Thema auf den eigentlichen Grund ihres Zusammenseins brachte: die Leiche.

»Legen wir los?«

Mira schaltete das Diktiergerät ein.

Zoe nannte das heutige Datum. »Obduktionsleitung Doktor Zoe Iyeke Schwäfel und Doktor Thomas Schmitt. Assistenz Mira Tierbach. Obduktion von Patrick Klinkhammer, zweiundvierzig Jahre. Todeszeitpunkt ist der heutige Tag, 8.40 Uhr. Tod erfolgte durch ballistisches Trauma. Auswertung durch Computertomographie legt nahe, dass die Kugel – ein einzelner Schuss – das Herzseptum durchschlagen hat.«

Sie begannen mit dem üblichen Prozedere der Öffnung. Organe wurden entnommen und gewogen, Gewebeproben in Gefäße gegeben. Später würden Untersuchungen unter dem Mikroskop erfolgen, sollten noch Fragen offenbleiben. Im vorliegenden Fall ging

Zoe jedoch davon aus, dass die vermutete Todesursache auch die reale war.

»Das ist echt keine Herausforderung«, sagte Mira.

Zoe lächelte unweigerlich. »Da steht sie kurz vor dem Doktortitel und schon müssen die Ansprüche nach oben geschraubt werden.«

Prompt wurde Mira knallrot. »Noch habe ich ihn ja nicht.«

»Ich bitte dich«, warf Thomas ein, während er einen Probebehälter verschraubte. »Die Arbeit ist bei deinem Doktorvater, die Verteidigung ist in Kürze. Das ist doch nur noch pro forma. Gewöhn dich schon mal an das ›Doktor‹ Frau Tierbach.«

Mira glühte vor Stolz, wiegelte aber ab. »Erst, wenn es so weit ist.«

»Ging mir damals auch so«, sagte Zoe. »Man denkt immer, dass auf den letzten Metern noch etwas schiefgeht. Ich hatte tagelang Albträume, dass ich bei der Verteidigung einen Blackout habe. Oder die Arbeit aus irgendeinem Grund abgelehnt wird. Einmal konnte ich das Formular nicht finden und die Kollegen haben mich ausgelacht, beim nächsten Mal stand ich nackt bei der Verteidigung. Die ganze Palette. Aber am Ende lief alles wie geschmiert.«

»Ich gehe da lieber vom Schlimmsten aus«, sagte Mira. »Da muss nur einem der hohen Herren meine Frisur nicht zusagen.«

Zoe bereitete die Entnahme des Mageninhaltes vor.

Sie wusste natürlich genau, was Mira meinte. Die Vorbehalte gegenüber Frauen waren noch immer vorhanden, das erlebte sie selbst heute noch bei den unterschiedlichsten Kollegen – jung wie alt. Bei ihr kam hinzu, dass ihr Vater aus Benin stammte, was sich an ihrer Hautfarbe zeigte. Im Falle von Mira war es eine gewisse Unangepasstheit, die Zoe sehr erfrischend fand. Andere mochten das nicht so sehen. Doch Mira hatte sich jeden Schritt in ihrer Karriere hart erkämpft.

»Da mach dir mal keine Gedanken«, sagte Zoe. »Notfalls stehe ich mit dem Skalpell bereit.«

»Musst nur darauf achten, dass deine Tochter das nicht mitbekommt«, sagte Thomas. »Du weißt ja, aller guten Dinge sind drei. Zwei Morde hat sie schon erlebt.« Er wurde ernst. »Kommt sie damit klar?«

»Also die Sache mit Della DeLorain war irgendwie mehr wie ein Krimi für sie«, erklärte Zoe. »Aber da gab es die Distanz des sozialen Netzwerks. Wir sind es ja gewohnt, im Fernsehen ständig Dinge zu sehen, die heftig sind. Ich spreche heute Abend mal mit ihr.«

»Auf mich wirkt deine Tochter ganz taff«, sagte Mira. »Da würd ich mir nicht so große Sorgen machen.« Sie schürzte die Lippen. »Jetzt hast du den Mageninhalt schon herausgeholt.«

»Oh, sorry.« Zoe betrachtete den Inhalt. »Sieht aber so aus, als hätte er gar nichts gegessen. Nur Shakes.«

»Okay, dann hatte ich Glück«, sagte Mira. »Hätte auf Currywurst getippt.«

Womit man in Niederteerbach meistens richtig lag. In Köln hing es durchaus davon ab, wann und wo die Person gestorben war. In manchen Stadtteilen herrschte eher das vegane Tempeh vor, in anderen die klassische Frikadelle.

»Tja, die Theorie bleibt erhalten«, sagte Zoe. »Er starb durch den Schuss.« Sie beugte sich nach vorne und zog mit einer Pinzette die Kugel aus dem Herzgewebe.

Mit einem Pling fiel diese in die bereitstehende Metallschale.

»Hm«, machte Thomas.

»Was ist?«, fragte Zoe.

Mira nahm die Schale und brachte die Kugel zum Mikroskop, um zu prüfen, ob Splitter davon im Herzen zurückgeblieben waren oder das Projektil in Gänze herausgenommen worden war.

»Du weißt ja, Schusskanäle und Eintrittsspuren sind mein Steckenpferd«, sagte Thomas.

»Genau wie Gifte und Blutmuster«, entgegnete Zoe. »Dass du überhaupt noch Zeit für Fußball hast, ist ein Wunder.«

»Du sagtest doch, dass der Schütze möglicherweise von einer Balkontür in etwa neun Meter Entfernung geschossen hat, richtig?«

»Das hat der Pöller erwähnt«, erklärte Zoe. »Ich habe nur kurz mit ihm gesprochen. Aber das ist die aktuelle Theorie.«

»Was ich nicht glaube. Wir haben hier einen Steckschuss, keinen Durchschuss. Verwendet wurde eine Kleinkalibermunition, Bleigeschoss.«

»Stimmt so weit«, rief Mira vom Mikroskop, über das sie sich mit gerunzelter Stirn beugte.

»Kleinkaliber, vermutlich .22 lfb?«

»Korrekt.« Mira prüfte einen bereitliegenden Musterbogen. »Genau genommen eine .22 lfb Sub Sonic.« Sie griff nach einer Pinzette und einem Skalpell und schabte über die Kugel.

Thomas sprach weiter. »Die kenne ich, werden gerne im Sportbereich eingesetzt. Die .22 lfb Z wird auch als Zimmerpatrone bezeichnet, weil sie sogar ohne

Gehörschutz auf dem Schießstand genutzt werden kann. Sie kommt aber nur auf 210 Meter pro Sekunde. Die .22 lfb Sub Sonic schafft eine Geschwindigkeit von 320 Meter pro Sekunde, damit liegt sie aber immer noch unter der Schallgeschwindigkeit, ist relativ leise und Waffe wie Munition sind leicht erhältlich.«

»Weil sie im Sport eingesetzt werden«, schloss Zoe.

»Richtig. Sowohl die Pistole als auch die Munition bekommst du mit einem Waffenschein problemlos. Jäger nutzen sie ebenfalls, allerdings lediglich bei Kleintieren und Raubwild. Das Problem ist, dass sie eine so geringe Reichweite hat. Und durch jedwede Art von Windeinfluss wird das Zielen noch schwieriger.«

»Es war recht windig heute morgen«, sagte Zoe. »Das hat Pöller gesagt. Die Personen im hinteren Bereich des Raumes waren einem stetigen Luftzug ausgesetzt, was bei der Hitze draußen sogar ganz angenehm war. Außerdem haben sie dadurch weniger von dem Rauch der Räucherschalen abbekommen. Fragt nicht. Weiter vorne im Raum war die Rauchentwicklung stärker, da kam der Luftzug nicht hin.«

»Die Tötung erfolgte über einen Herzschuss«, sprach Thomas. »Ein einziger Schuss, exakte Ausrichtung. Der Mord war so geplant, weil ein zweiter Schuss in dieser Umgebung fast unmöglich ist, denke ich. Folglich war es – meiner Ansicht nach – kein Glückstreffer. Es war geplant und perfekt orchestriert.«

Zoe nickte. »Und wenn der Schuss vom Balkon gekommen wäre, wäre das viel zu riskant gewesen. Die Kugel fliegt nicht weit, war Wind ausgesetzt, und obendrein gab es Stellen weiter vorne, die stark vernebelt waren. Das Risiko wäre viel zu groß gewesen, dass die Kugel ihr Ziel verfehlt.«

Thomas nickte. »Der Schütze oder die Schützin müssen näher am Opfer gewesen sein. Deshalb auch der perfekte Treffer. Hinzu kommt der Wundkanal im Herzen. Die Kugel ist im Herzen stecken geblieben.«

»Der Schuss kam also aus einem recht nahen Bereich um Patrick Klinkhammer herum.«

»Exakt«, sagte Thomas. »Wir müssten die Geschwindigkeitstabellen herauskramen und bräuchten eine Skizze des Raumes und der Position der Personen. Aber eine .22er liegt bei einer Masse von etwa 2,4 Gramm, die Mündungsgeschwindigkeit lag irgendwo bei 320 Meter pro Sekunde, die Mündungsenergie kenn ich nicht auswendig. Doch mit der exakten Position des Projektils, dem Wundkanal und den Gewebeschäden können die Jungs von der Kriminaltechnik berechnen, von welchem Punkt im Raum geschossen wurde. Die Forensiker sind da echt gut.«

Wenn Zoe Pöllers Aussage durchdachte, war der Balkon damit aus dem Spiel. Trotzdem hatte er dort an der Feuerleiter Schmauchspuren gefunden. Allerdings ebenso an der Tür. Mit den vorliegenden Fakten deutete alles darauf hin, dass der Täter oder die Täterin aus der Nähe geschossen hatte. Im anschließenden Tumult war die Person einfach durch der Eingangstür geflüchtet und hatte dabei Schmauchspuren am Türgriff hinterlassen.

»Und es gab wirklich nur einen Schützen?«, fragte Thomas. »Da steckte nicht irgendwo in der Wand noch eine zweite Patrone?«

»Nirgends«, bestätigte Zoe. »Deshalb ist es ja so unerklärlich, warum es an zwei Stellen, also Feuerleiter und Tür, Schmauchspuren gibt.«

»Da wünschte man sich doch direkt eine bessere Überwachung«, merkte Thomas an.

»Sag das bloß nicht der Bürgermeisterin von Niederteerbach, die bringt es fertig und pflastert das gesamte Kaff mit Überwachungskameras zu«, sagte Zoe.

Der Gedanke, dass ein Mörder in unmittelbarer Nähe ihrer Tochter gesessen hatte, ließ Zoe einen Schauer über den Rücken wandern.

Mit der Auflösung des Mordfalls um Billie war ein Schatten von ihrer Seele gewichen. Plötzlich fühlte sich alles viel leichter an, aber der Hauch einer neuen Schwere war dazugekommen. Denn mit dem Ende des Falls war auch die letzte Verbindung zu ihrer alten Freundin gekappt.

Die Ermittlung war vorbei.

Gleichzeitig schien die Gefahr vor ihrer eigenen Familie keinen Halt zu machen. Bei Maike war das etwas anderes, die begab sich via Jobbeschreibung permanent ins Risiko. Sarah allerdings war eine Teenagerin und hatte in der Nähe von Mordfällen verdammt noch mal nichts zu suchen. Glücklicherweise waren auch die Sommerferien endlich, und in Kürze würde sie wieder die Schulbank drücken, sich weiter dem Abitur nähern und ihnen zu Hause permanent die Laune verderben.

Wie immer also.

»Ich habe einen Freund bei der Kriminaltechnik«, sagte Thomas, der in Gedanken weiter bei dem aktuellen Fall war. »Vielleicht kann ich die Angelegenheit etwas beschleunigen.«

»Und darfst ihnen über die Schulter schauen?«, neckte Zoe ihn.

»Das auch«, gestand Thomas mit einem breiten Grinsen. »Die haben da ein richtig tolles Computerprogramm, das dir den Ablauf simulieren kann. Wenn ich Hans die Bauskizzen des Gebäudes als Blaupausen bringe, und er die einscannen kann, ist er bestimmt dankbar.«

»Ich kann Maike mal nach dem Stand der Dinge fragen. Gabi kontaktiert nämlich zurzeit alle Teilnehmer und prüft, wo er oder sie saß«, sagte Zoe. »Wenn Gabi alle Adressen und Infos zusammen hat, bekommt sie bestimmt einen Sitzplan hin.«

Zoe erinnerte sich an einige Fälle, in denen ein solches Schaubild die Lösung gebracht hatte. In der Regel merkte man sich zumindest ungefähr, wo man sich selbst aufgehalten hatte. Die Person rechts und links bekam man auch noch hin. Auf diese Art entstand dann das Bild. Bei der Fülle der Teilnehmer konnte dies allerdings einige Tage dauern.

»Es gibt auf jeden Fall solide Ansätze«, sagte Zoe. »Aber leider auch einige Rätsel.« Die doppelte Schmauchspur passte einfach nicht ins Bild.

»Und ich habe noch eins mehr«, erklang die Stimme von Mira. »Kommt mal her.«

Thomas und Zoe traten neben den Tisch, auf dem das Mikroskop stand.

»Mir ist ein seltsames Muster aufgefallen«, sagte Mira. »Ich habe mit einem Skalpell Blut von der Patrone gekratzt und dabei ist das hier zum Vorschein gekommen ... aber seht selbst.«

Sie stand auf und trat einen Schritt zurück.

Zoe nahm auf dem hüfthohen runden Stuhl mit Rollen Platz. Sie beugte sich über das Okular und betrachtete die Patrone in Großaufnahme. »Nicht dein Ernst.«

»Okay, ich will auch.« Thomas wippte von einem Fuß auf den anderen.

Zoe machte ihm Platz und sah dabei zu, wie seine Stirn sich runzelte.

»Okay, also das hatten wir, glaube ich, noch nie.« Er sah auf. »Und das lässt ganz neue Schlüsse zu.«

Zoe nickte gedankenverloren. So simpel, wie er auf den ersten Blick schien, war dieser Fall eindeutig nicht. Maike würde Augen machen, wenn sie ihr dieses neue Detail präsentierte.

# Kapitel 5

Maike stoppte den Wagen und wandte sich Lukas auf dem Beifahrersitz zu. »Das ist jetzt nicht, was ich erwartet habe.«

»Das dachte ich mir schon«, sagte er.

Auf dem Weg zur Wohnung von Patrick Klinkhammer war Maike davon ausgegangen, dass Oberteerbach wie die Zwillingsstadt von Niederteerbach sein würde. Stattdessen war es eher die hübsche, perfekt gestylte große Schwester. Kein Riss in den Gehwegen, überall breite Straßen und überraschend viel Grün.

»Ich hätte mir hier eine Wohnung suchen sollen«, murmelte Maike.

»Ach, so schlimm ist Niederteerbach jetzt auch wieder nicht«, sagte Lukas. »Außerdem ist unsere Bürgermeisterin doch dabei ...«

»... die Stadt komplett umzubauen? Ist mir aufgefallen.« Sie stieß geräuschvoll Luft aus. »Nicht mal die Briefträger kriegen ihren Job gebacken. Heute Morgen hatte ich eine Mahnung im Briefkasten, die eigentlich an die Bäckerei adressiert war.« Sie schüttelte sich. »Mahnungen rufen bei mir ein ganz schlechtes Gefühl hervor.«

»Das ist wegen der Sybille«, sagte Lukas.

Maike runzelte die Stirn. »Bitte?«

»Die Briefträgerin«, erklärte er, »ist gerade im Urlaub. Und ihre Vertretung, Sebastian Lorenz, der Briefträger aus Oberteerbach, hat ein Problem mit den Augen. Wenn die Adresse da nicht sauber notiert wurde, geht das daneben.«

»Aber verdammt weit daneben«, sagte Maike. »Die Bäckerei hat so gar nichts mit meiner Straße oder Hausnummer zu tun.«

»Er interpretiert dann quasi frei.«

Maike schenkte Lukas einen Muss-ich-noch-mehr-sagen-Blick und stieg aus.

Patrick Klinkhammer wohnte in einem Mehrfamilienhaus, eindeutig luxuriöser Neubau. Die Gegend verortete sie in der Rubrik gehoben. Die Straße war asphaltiert, eine Allee mit Birken. Das Haus besaß drei Stockwerke, wobei die einzelnen Wohnungstüren über offene Galerien erreichbar waren.

Davor wartete bereits der Schlüsseldienst, den Gabi kontaktiert hatte.

Mit gerunzelter Stirn betrachtete er sie von oben bis unten. »Also ich habe Sie mir ja ganz anders vorgestellt.«

»Freut mich auch, Sie kennenzulernen, Herr ...« entgegnete Maike ungerührt

»Paul Kericht.« Er nickte Lukas kurz zu.

Die Uniform des Schlüsseldienstes war babyblau. Mit rosa Schrift war das Motto aufgestickt: Zugang ist der Schlüssel. Was für Maike ein eindeutiger Hinweis darauf war, dass Oberteerbach einen ordentlichen Vorsprung gegenüber Niederteerbach aufgebaut hatte.

Herr Kericht öffnete die untere Tür mit dem passenden Schlüssel, den er vermutlich bereits herausgesucht hatte. Sie stiegen die Treppe nach oben. Im zweiten Stock, den Maike dezent keuchend erreichte, schob Kericht den Schlüssel in das Schloss der dritten Tür auf der rechten Seite und drehte ihn. Lautlos schwang die Tür nach innen auf.

Maike speicherte gedanklich ab, dass es auf jedem Stockwerk drei Parteien auf der linken, drei auf der rechten Seite gab. Die Nachbarbefragung würde also einige Zeit in Anspruch nehmen.

»Igitt.« Kericht ging ein paar schnelle Schritte zurück. »Was stinkt denn hier so?«

Maike bedeutete ihm, zurückzubleiben. Ihre Handschuhe streifte sie in der Bewegung über und trat ein. Sie hatte den Geruch nach Körperausdünstungen und Fäkalien sofort zuordnen können.

Der Boden war mit dunklem Parkett verlegt, hier drin war es kühl. Vermutlich Wasserkühlung in Boden und Decke. Durch einen schmalen Flur ging es linker Hand in die Küche, geradeaus ins Wohnzimmer.

Und dort lag ein Mann.

Maike war für einen Augenblick von seinem Gesicht gefesselt. »Aber das kann nicht sein.«

»Patrick Klinkhammer«, hauchte Lukas neben ihr.

Es dauerte einige Sekunden, bis Maike es erkannte. Der Tote trug eine Chino, darüber ein Hemd. Teure moderne Lederschuhe. Das ließ nur einen Schluss zu.

»Zwillingsbrüder.«

»Die sehen sich echt unglaublich ähnlich«, sagte Lukas.

»Sogar der Herzschuss ist identisch.« Sie ging neben ihm in die Hocke. »Da hatte jemand etwas gegen die Brüder.«

Lukas trat an den Wohnzimmertisch. »Hier liegen Briefe. Adressiert an Patrick und … Pascal Klinkhammer.«

Das Abendessen bei den Schwäfels würde heute spannend werden, so viel war Maike klar. Zoe würde Augen machen, wenn sie die gleiche Leiche noch mal auf den Tisch bekam.

»Déjà-vu«, sagte Maike.

»Oder ein Fehler in der Matrix«, sagte Lukas mit einem breiten Grinsen.

»Du Nerd.«

»Ah, Sie sind das«, erklang die Pauls Kerichts Stimme von der Tür. »Aber wen habe ich denn dann da gerade reingelassen?«

Maike erhob sich.

In der Tür stand eine Frau, die einer Sportwerbung hätte entsprungen sein können. Das dunkelblonde Haar war zu einem Pferdeschwanz gebunden und glänzte seidig. Die Haut war makellos. Die Jeans saß hauteng und betonte eine durchtrainierte Figur. Die Bluse war so weiß, als hätte Meister Proper selbst sie in strahlenden Bergfrühling getaucht.

Um ihren Hals hing eine Polizeimarke in einem Etui an einer Kette.

»Kriminalhauptkommissarin Sonja Messer-Schrunz«, stellte sie sich vor. »Dienststelle Oberteerbach. Die Staatsanwaltschaft hat mich informiert, dass der hier wohnhafte Patrick Klinkhammer in Niederteerbach zu Tode gekommen ist.«

»Pech«, krächzte Maike.

Die linke Augenbraue der Kollegin wanderte in die Höhe.

»Kriminalhauptkommissarin Maike Pech«, stellte sie sich nach einen Räuspern ebenfalls vor. »Dienststelle Niederteerbach. Wir sind auch hier, weil Patrick Klinkhammer ermordet wurde. Und wie es scheint, handelt es sich um einen Doppelmord.«

Sie deutete auf die Leiche neben sich, was Messer-Schrunz' zweite Augenbraue hochschnellen lies.

»Polizeikommissar Lukas Yilmaz«, stellte sich auch Lukas vor. »Ich wusste nicht, dass Oberteerbach eine Planstelle für eine Kriminalhauptkommissarin hat. Davon hat Erwin gar nichts erzählt.«

Der Kollege Erwin übernahm die Nachtschicht abwechselnd in Ober- und Niederteerbach.

»Bürgermeister Wilhelm Herzog hat meine Stelle neu geschaffen«, erklärte Messer-Schrunz. »Um unser schönes Dorf noch sicherer zu machen.« Sie seufzte schwer. »Langsam greift die Verbrechensrate von Niederteerbach auf uns über.«

»Also bis ich den Mörder überführt habe, halten wir uns mit vorschnellen Urteilen besser zurück, Frau Kollegin«, sagte Maike.

»Da zitiere ich quasi nur die Statistik«, erklärte Messer-Schrunz mit einem Lächeln. »Aber diese Sache liegt ja sowieso in meinem Zuständigkeitsbereich. Die zwei Toten haben schließlich beide hier gewohnt.«

»Wovon allerdings einer in Niederteerbach gestorben ist«, stellte Maike klar. »Meine Zuständigkeit.«

»Dann sollten wir das vielleicht mit dem Chef klären.«

»Ausgezeichnete Idee«, sagte Maike. »Wer ist denn Ihr Chef?«

»Jens Breuer, erster Kriminalhauptkommissar im Kriminalkommissariat K11 in Köln.« Sonja Messer-Schrunz zwinkerte ihr zu. »Und Ihrer?«

Maike bekam ein Gefühl abrupter Persönlichkeitsspaltung. Einerseits sah sie sich selbst, wie sie Sonja Messer-Schrunz am Pferdeschwanz packte und ihr Gesicht gegen die Mahagonitischplatte donnerte. Auf der anderen Seite sah sie, wie sie das Handy zückte und Jens anbrüllte.

Stattdessen lächelte sie – womöglich eine Spur zu verkrampft – und zog langsam das Handy aus der Tasche.

Lukas gab ihr mit einem Handzeichen zu verstehen, dass er sich einen Überblick über den Rest der Wohnung verschaffte und verließ das Wohnzimmer.

Bereits nach einem Klingeln wurde der Anruf von Jens entgegengenommen.

»Maike«, sagte er sofort. »Ich habe gerade eine Mail von Zoe zum Fall Klinkhammer erhalten.«

»Das ist ja lustig«, säuselte sie. »Ich habe auch eine Neuigkeit vor mir. Stehe momentan in Oberteerbach. Wohnung des Toten. Und mir gegenüber Frau Kriminalhauptkommissarin Sonja Messer-Schrunz.«

»Guten Tag, Herr Kriminalhauptkommissar«, rief sie herüber.

Diese kleine Schleimerin.

»Ja, also das war eine sehr kurzfristige Sache«, sagte Jens entschuldigend. »Ach, weißt du, André und ich waren am Wochenende im Schokoladenmuseum mit der kleinen Maus. Ich habe leckere Marzipanspezialitäten für dich mitgebracht.«

»Shame on you«, sagte Maike. »Und so was schimpft sich Freund.«

»Wo liegt denn das Problem?«, fragte er. »Ihr seid in unterschiedlichen Orten tätig.«

»Tja, jetzt haben wir leider zwei Leichen und ein Zuständigkeitsproblem.«

Sie fasste die Ereignisse für ihn zusammen.

Kurz setzte Stille ein.

»Maike«, sagte Jens langsam. »Du stehst also gerade mit der Kollegin und Herrn Yilmaz vor einer zweiten Leiche?«

»Korrekt.«

»Und Pöller wurde bereits verständigt? Und Staatsanwalt Grasso?«

»Äh.« Jetzt war es an Maike, sich unbehaglich zu räuspern. »Ich gebe deine Frage mal weiter an die Kollegin.«

Lukas kehrte zurück und stellte sich mit verschränkten Armen neben Maike.

»Maike!«, sagte Jens betont ruhig. »Stell mich auf Lautsprecher.«

Sie kam der Aufforderung nach. »Alle hören mit.«

»Damit wir uns verstehen, ich erwarte von Ihnen, Frau Messer-Schrunz, und Ihnen, Frau Pech, professionelles Arbeiten! Sie machen das zusammen. Gebündelte Ressourcen, alle Informationen werden ausgetauscht. Wir hatten bereits eine Zusammenarbeit mit einem Kollegen in Berlin, da war der effektivste Weg der kleine Dienstweg. Sie berichten beide an mich. Verstehen wir uns?«

»Absolut, selbstverständlich«, sagte Messer-Schrunz glatt wie eine Schlange.

Maike grunzte ein unverständliches Ja.

»Maike?«, hakte Jens nach.

»Absolut, selbstverständlich«, sagte sie schließlich in einer Imitation von Sonja Messer-Schrunz' Antwort.

»Und mit Professionalität meine ich, dass ihr nicht eine halbe Stunde neben einer Leiche steht, sondern Pöller und Staatsanwalt Grasso kontaktiert«, ergänzte Jens.

»Ist erledigt«, warf Lukas ein. »Ich habe vor zehn Minuten beide angerufen. Sie sind auf dem Weg.«

»Arbeitsteilung«, sagte Maike schnell. »Ich muss nicht alles selbst machen, weißt du. Wir sind eine funktionierende Maschine, der Lukas und ich.«

»Ja genau, ist klar«, sagte Jens. »Und diese Maschine arbeitet jetzt im Dreitakt.«

Und dann legte er auf.

In diesem Augenblick konnte Maike die Wut von Bürgermeisterin Graefe auf Willy Herzog vollständig nachvollziehen.

»Nun denn, Frau Kollegin.« Sonja Messer-Schrunz nickte zufrieden. »Auf gute Zusammenarbeit.«

»Gleichfalls.«

»Mit meiner Hilfe geht das ruckzuck«, ergänzte sie.

»Und ohne Ihre Hilfe genauso schnell«, schoss Maike zurück.

»Ich habe mich weiter umgesehen«, warf Lukas hastig ein und unterbrach damit glücklicherweise eine Antwort aus Oberteerbach. »Keine Kampfspuren, keine Unordnung. Gestohlen wurde, wie es aussieht, nichts. Zumindest gibt es keine Spuren, die darauf hindeuten.«

»Das Schloss weist keinerlei Einbruchspuren auf«, ergänzte Messer-Schrunz. Sie drehte sich um und rief in Richtung Eingangstür: »Können Sie das bestätigten, Herr Kericht?«

»Absolut korrekt erkannt, Frau Kriminalhauptkommissarin«, gab dieser zurück. »Sie haben ein gutes Auge.«

»Danke schön.« Messer-Schrunz grinste breit. »Ich schließe daraus, dass der Täter oder die Täterin dem Opfer bekannt war. Er, Klinkhammer, öffnete die Tür, wandte sich ab und ging ins Wohnzimmer. Hinter ihm wurde die Waffe gezogen und zack.«

»Oder es gibt einen Nachschlüssel«, sagte Maike.

»Sicherheitsschloss. Alle Schlüssel sind nummeriert«, erklärte Sonja Messer-Schrunz. Sie wandte sich der Tür zu. »Stimmt doch, Herr Kericht?«

»Absolut korrekt, Frau Kriminalhauptkommissarin«, rief dieser zurück. »Sie sind wirklich top informiert. Wir Oberteerbacher sind froh, dass Sie da sind.«

Wieso sagte eigentlich niemand in Niederteerbach solche Sachen zu Maike? (Sah man von Bürgermeisterin Graefe ab.)

»Außerdem kennen wir ja die Statistik«, sagte Messer-Schrunz. »In den meisten Fällen ist der Täter im persönlichen Umfeld zu finden.«

Was bedauerlicherweise der Wahrheit entsprach.

»Natürlich kenne ich die Statistik. Und auch das gute alte Sprichwort: Ausnahmen bestätigen die Regel.«

Messer-Schrunz ließ eine Braue in die Höhe wandern, was ein eindeutiger Hinweis darauf war, was sie von Sprichwörtern hielt. Maike würde Zoe auf dem Weg schreiben müssen. Heute benötigte sie ein Kölsch mehr als sonst.

»Ja guten Tag«, erklang es von der Tür. »Sie sind aber definitiv nicht Frau Pech.« Pöller musterte Messer-Schrunz von oben bis unten.

Diese stellte sich vor.

Pöller rückte mit seinem Assistenten an und betrachtete die Leiche. »Zwillinge kommen immer häufiger vor.«

»Echt jetzt?«, fragte Maike.

»Das muss irgend so ein Jahrgang sein.«

»Das stimmt«, sagte Messer-Schrunz. »Da gibt es auch eine Statistik zu.«

»Hier liegt auch ein Herzschuss vor«, haspelte Lukas.

»Das wird ja immer spannender«, sagte Pöller. »Zuerst die doppelten Spuren in Niederteerbach, jetzt auch eine doppelte Leiche.«

»Quasi eine Déjà-vu-Leiche«, sagte Maike und lachte. Leider niemand sonst.

»Ja gut, wie auch immer.« Sie straffte die Schultern. »Dann walten Sie mal Ihres Werkes, Herr Pöller.«

»Amtes, Frau Pech, ich walte meines Amtes. Aber ich bin ja kein Pfarrer oder so. Ich gehe quasi ans Werk. Mein Team ist auch schon auf dem Weg.«

Messer-Schrunz presste die Lippen zusammen und unterdrückte ein Lachen.

Glücklicherweise tauchte in diesem Augenblick Sandro auf. Mit einem kurzen Blick in die Wohnung verschaffte er sich einen Eindruck. Maike wollte ihn begrüßen, doch Sonja Messer-Schrunz kam ihr zuvor.

»Sandro, schön, dass du da bist.« Sie betrachtete ihn eingehend. »Neuer Anzug. Steht dir gut.«

»Wow, bin ich irgendwie im falschen Film«, murmelte Maike und ergänzte etwas lauter: »Sie kennen den Staatsanwalt bereits, Frau Kollegin?«

»Natürlich«, gab diese zurück.

»Jens und ich haben Sonja gebrieft, als sie ihre neue Stelle antrat«, erklärte Sandro. »Sie hat uns in Köln besucht.« Dabei zwinkerte er Maike zu.

Ein eindeutiger Hinweis auf ihren eigenen Antritt, bei dem sie Sandro leider erst mit Verzögerung kennengelernt hatte. Aber schließlich hatte sie sich mit einer Leiche in der Wand der Arrestzelle herumschlagen müssen. Da vergaß man schonmal das Protokoll und den guten Ton.

Sonja Messer-Schrunz passierte so etwas natürlich nicht.

Maike sprach noch kurz mit Pöller, holte sich von Sandro das Go für – gemeinsame – Ermittlungen und klingelte dann bei den Nachbarn für eine Befragung. Leider war keiner der direkten Nachbarn anwesend, und alle anderen kannten die Klinkhammers nicht, weil diese erst kürzlich eingezogen waren.

Aus dem Mittag wurde Nachmittag.

Pöller war noch in der Wohnung beschäftigt und so beschloss Maike, dass sie den Faden erst am kommenden Tag wiederaufnehmen würde.

Sie verabschiedete sich überfreundlich von Sonja Messer-Schrunz, brachte Lukas zurück nach Niederteerbach, meldete sich bei Gabi ab und fuhr in Richtung Köln.

# Kapitel 6

Maike parkte ihren Wagen hinter dem Elektro-Mini von Mark und stieg aus.

Ihr Blick schweifte über die aneinandergereihten Einfamilienhäuser. Die Gärten leuchteten ihr akkurat entgegen, als hätte jemand mit einem Lineal die Hecken getrimmt. Alles wirkte steril wie eh und je. Bei diesem Anblick wollte Maike umgehend das Gaspedal durchdrücken und Richtung Niederteerbach flüchten. Was sagte das über sie aus?

Lieber heruntergekommenes Ruinenflair anstelle eines auf Hochglanz polierten Familienidylls? Wann genau hatte sie damit begonnen, Niederteerbach zu mögen?!

Sie klingelte. Sarah öffnete mit einem freundlichen Lächeln. Natürlich wurde Maike auch direkt von Nele begrüßt, und sie hatte wie immer ein paar Streicheleinheiten für die Golden-Retriever-Hündin übrig, bevor sie eintrat.

»Tante Maike!«, riefen die Zwillinge.

Beide Beine wurden geherzt, dann rannten sie wieder in die Küche.

»Heute bist du aber spät dran«, erklang Zoes Stimme von dort.

Der Tisch war bereits gedeckt, alle saßen schon.

»Sorry, der Stau hat zugeschlagen«, sagte Maike. Ihr Teller war gefüllt, ein Kölsch stand daneben. »Also das nenne ich jetzt mal eine Begrüßung.«

Sie umarmte ihren Bruder Mark, Zoe folgte.

»Bedanke dich bei Sarah«, sagte Mark. »Sie wollte alles für ihre Lieblingstante herrichten. Ich bin noch nicht sicher, was hier vorgeht, aber mein Spinnensinn schlägt Alarm.«

»Boah«, stieß Sarah aus. »Darf ich nicht einmal nett zu meiner Tante sein?« Sie lächelte eine Sekunde darauf wieder. »Wie war denn dein Tag?«

Womit klar war, jedenfalls für Maike, was hier vorging. Ein Bestechungsversuch, eindeutig. Damit die Informationen über die sogenannte ›Digitalisierung‹ nicht ihren Weg in den Zoe Iyeke Schwäfelchens Gehörgang fanden.

Wobei die Reaktion von Mark sicher interessant wäre. Sie konnte ihn bei diesem Thema so gar nicht einschätzen. Würde er Nicholas von Marking direkt zum Duell fordern oder ohne Wenn und Aber erschießen?

»Das wären mal leichte Ermittlungen«, sinnierte sie.

»Keine Dienstgespräche am Tisch«, sagte ihr Bruder sofort und linste zu den Zwillingen.

»Du hast ja so recht«, entgegnete Maike.

Dieses Gespräch wollte sie sich definitiv heute Abend nicht geben. Stattdessen trank sie genüsslich einen Schluck und begann zu essen.

Auf ihrem Teller türmten sich Dinkelnudeln in Zucchini-Basilikum-Sauce. Dazu etwas, das Ähnlichkeit mit Reis besaß, aber eindeutig keiner war. Immerhin schmeckte die Soße ganz gut. Und es gab einen Alibi-

Salat. Ihre Schüssel war wohlweislich kaum gefüllt. Die Schwäfels kannten sie einfach zu gut.

»Ich habe Neuigkeiten«, sagte Zoe. »Später.« Sie nickte in Richtung Speicher.

»Oh, die habe ich auch. Sorry, Mark, aber das muss kurz sein. Wusstest du von Messer-Schrunz?« Maike biss fest auf den Reisersatz.

»Was ist ein Messerschrunz?«, fragte Mark grimmig. »Ist das eine M-O-R-D-Waffe?«

Während er sprach, lauschten die beiden Minis jedem Wort und jedem einzelnen Buchstaben aufmerksam.

»M-O-R-D«, wiederholte Leonie.

»Das klingt schön. M-O-R-D«, fiel Laura mit ein.

»Als ob wir in der Kita nicht sowieso bereits Gesprächsthema Nummer 1 wären«, sagte Mark leidend. »Beim letzten Mittagessen haben sie dem Personal erzählt, dass ihre Mutter bei der Arbeit Mageninhalt-Raten spielt. Und ob sie das in der Kita auch mal machen können.«

»Oh ja.« Leonie quietschte vor Freude. »Mageninhalt raten.«

Zoe wirkte peinlich berührt. »Das ist mir so rausgerutscht.« Sie wandte sich schnell Maike zu. »Also was ist ein Messer-Schrunz?«

»Das ›was‹ trifft es ganz gut«, erklärte sie. »Es ist ein Furunkel an meinem Hintern und hört auf den Namen Kriminalhauptkommissarin Sonja Messer-Schrunz. Seit Neuestem zuständig für Oberteerbach.«

Mark lachte leise. »Na, die hat ja noch mehr Pech mit ihrem Namen.«

Das Lachen verging ihm, als Leonie sofort wissen wollte: »Was ist ein Furunkel?«

»Es funkelt.« Mark versuchte noch irgendwie, die Sache zu retten. »Tante Maike wollte sagen, dass es bei ihr auf der Arbeit ...« Mehr fiel ihm dann doch nicht ein.

»Dass dort die Funken fliegen«, half sie aus. »Eine Menge davon. Und das furunkelt.«

»Schön«, sagte Laura. »Ich habe oben Glitzerstaub. Der furunkelt auch.«

Zoe schloss die Augen. »Heute unterbieten wir unser Niveau eindeutig.« Sie wandte sich an Mark. »Du lässt uns dann wissen, was davon es in die Kita geschafft hat?«

»Oh, da mach dir mal keine Sorge«, gab er zurück. »Das erfahren wir alle über die WhatsApp-Gruppe. Ich wette, diese Sina Neumann-Pust fängt eine Minute später mit irgendwelchen Wortlisten an. Rote Listen, was unsere Kinder auf keinen Fall sagen sollen.«

»Echt jetzt?«, fragte Maike dezent schockiert.

»Ich schicke dir mal eine Kopie zum Läuse-Zwischenfall«, sagte Mark. »Danach wundert dich gar nichts mehr. Opfer- und Täterkinder sag ich da nur.«

Was Maike erneut in ihrer Überzeugung bestätigte, dass sie in der Welt von Eltern nichts zu suchen hatte. Vermutlich wäre sie in die Kita gestürmt und hätte Verhaftungen vorgenommen. So eine Nacht neben Horst in einer Zelle hätte jede Diskussion in irgendwelchen WhatsApp-Gruppen im Keim erstickt.

»Du hast jetzt also Konkurrenz«, brachte Zoe das Gespräch zurück auf Messer-Schrunz.

»Ich habe eine Nemesis«, stellte Maike klar. »Gertenschlank, Streberin, kennt jede Statistik auswendig und ist mit Sandro per du. Und stell dir vor, Jens wusste Bescheid, der hat sie nämlich eingestellt.«

Zoe sog scharf die Luft ein. »Autsch. Aber der dachte vermutlich, ihr habt sowieso nie was miteinander zu tun.«

»Er hat doch die Graefe auf meiner Geburtstagsfeier kennengelernt«, sagte Maike. »Und den Willy Herzog auch. Ihm muss klar gewesen sein, dass zwischen den beiden alles ein Stechen ist. Und jetzt sollen wir den Fall gemeinsam bearbeiten. Gemeinsam!« Sie deutete mit ihrer Gabel auf Zoe. »Ich will die Ergebnisse zuerst. Alle. Und bei der Messer-Schrunz hältst du am besten den Dienstweg ein. Den langen.«

»Ich kann keiner Kriminalhauptkommissarin Unterlagen verspätet zuschicken«, sagte Zoe.

»Auch du, Brutina?« Maike spießte ein Salatblatt auf.

»Hieß der nicht Brutus und war der Mörder von Cäsar?«, warf Sarah ein.

»Jetzt nicht mehr«, stellte Maike klar. »Jetzt ist er eine Sie und sitzt neben mir.«

Zoe schüttelte den Kopf. »Übertreibst du nicht ein wenig?«

»Warts nur ab.«

»Auf jeden Fall sind wir alle ganz stolz auf Sarah«, sagte Mark in die einsetzende Stille. »Das scheint ja ganz wunderbar zu laufen mit ihrem Job. Ich habe heute kurz mit Bürgermeisterin Graefe gesprochen. Sie hat in Aussicht gestellt, dass Sarah auch nach den Ferien noch einmal die Woche weiter dort arbeiten könnte. Quasi als Nebenjob, um sich etwas dazuzuverdienen.«

»Ein Nebenjob bildet den Charakter«, sagte Sarah. »Das sagst du doch immer, Papa.«

Zoe runzelte die Stirn. »Ist die Phase, wo du ihn Mark nennst und mich Zoe, jetzt wieder vorbei?«

»Total«, sagte Sarah.

Maike gab alles, um sich nichts anmerken zu lassen. So viel Bestechung war ja fast Overkill. Tischdecken, Kölsch bereitstellen, vernünftige Ansprachen für alle am Tisch und dazu noch diese gute Laune.

»Sarah hat sogar angeboten, dass Zoe und ich mal wieder einen Abend zu zweit haben können«, sagte Mark stolz. »Sie würde auf ihre beiden Schwestern aufpassen.«

Ihr Bruder war so unschuldig, er begriff wirklich gar nichts. Maike zählte sofort eins und eins zusammen. Sturmfreie Bude, Schwestern ab acht Uhr im Bett. Freie Bahn für einen Besuch von Nicholas. Diese Durchtriebenheit war fast schon bewundernswert.

Sie schickte ihrer Nichte einen schnellen Blick, der so viel sagte wie: Übertreib es nicht.

Was zurückkam, hatte etwas von: Willst du die Idylle wirklich in eine nukleare Wüste verwandeln?

»Ich denke noch darüber nach«, sagte Maike und ergänzte an alle anderen: »Über meinen Umgang mit der neuen Kollegin.«

Das weitere Essen verlief harmonisch, obgleich die Zwillinge immer wieder »M-O-R-D« anstimmten und draus einen Sing-sang entwickelten, der von wunderschönen Furunkeln gekrönt wurde.

Schließlich bot Sarah an, den Tisch abzuräumen und entkorkte sogar den Wein.

Das Misstrauen von Zoe war längst geweckt, sie beobachtete ihre Tochter, als sei diese ein Raubtier, das sich als Pflanzenfresser ausgab.

Maike stieg die Stufen voran die ausklappbare Leiter hinauf auf den Speicher. Hier oben wartete Marks Arbeitsbereich, ein Schreibtisch mit einem Mac darauf. Auf der rechten Seite stand das Regal mit all den Zeitschriften, für die er unter dem Pseudonym Britta Sommer Artikel schrieb.

»Hast du denn schon was Neues?«, fragte Zoe.

Maike ließ sich auf einen der riesigen Sitzsäcke plumpsen. »Jetzt komm mir nicht so. Ich sehe dir doch an, dass du innerlich vergehst. Raus damit, was hast du?«

Zoe setzte sich auf den zweiten Sitzsack. »Du wirst es nicht glauben. Wir haben im Eiltempo vorhin noch die zweite Obduktion des Zwillingsbruders vorgenommen. In beiden Fällen die gleiche Todesart, identisches Kaliber. Und jetzt kommt's: Auf beiden Kugeln ist etwas eingeritzt.«

»Bitte was?« Maike beugte sich vor. »Sag bitte, es ist die Signatur des Mörders.«

»Das leider nicht. In beiden Fällen ein Datum. Einmal der vierte Januar letzten Jahres, einmal der zweite März.« Zoe ergänzte die weiteren Fakten, die sie im Verlauf der Obduktion herausgefunden hatten. »Die Brüder sind auch zu einem relativ gleichen Zeitpunkt gestorben.«

»Toll«, kommentierte Maike. »Wenn wir die Schmauchspuren als Grundlage nehmen, müsste ein Schütze auf dem Balkon gewesen sein. Ein anderer ist über die Tür geflohen. Und ein dritter hat gleichzeitig in Oberteerbach Pascal Klinkhammer den Schuss verpasst. Das wird ja ein richtiger Mord-Club.«

»Was sagt denn Pöller zu den Fingerabdrücken?«, fragte Zoe.

»Nichts in der Datenbank«, sagte Maike. »Die auf der Tür sind sowieso total verwischt, weil ja ein Teil der Meditationsteilnehmer rausgerannt ist. Die auf der Feuerleiter passen zu keiner anwesenden Person. Und bei Pascal Klinkhammer gab es keine Spuren.«

»Da hat jemand viel Aufwand betrieben, damit keine Spuren zu finden sind.« Zoe nippte an dem Weinglas, das sie irgendwie ohne einen Tropfen zu verschütten mit nach oben gebracht hatte. »Oder eben zu viele.«

»Ich prüfe morgen die Daten auf der Kugel ab«, sagte Maike.

»Denkst du, es bringt was?«

Maike neigte den Kopf von der einen zur anderen Seite. »Manchmal reicht ein Fehler, der von Emotionen ausgelöst wurde. Da wollte jemand nicht nur Klinkhammer töten, es war etwas sehr Nahes, Persönliches. Irgendeine Art von Verbindung existiert. Ich hoffe darauf, dass die Mörder hier einen Schritt zu weit gegangen sind. Andererseits wirkt die Sache überaus gut vorbereitet.«

»Also, Thomas hat eine Kopie unserer Unterlagen an die KT weitergeleitet und bei seinem Kumpel Hans Druck gemacht«, sagte Zoe. »Normalerweise brauchen die ja immer eine Weile, da stapelt sich die Arbeit. Aber mit etwas Glück hast du noch diese Woche eine Simulation des Schusses. Voraussetzung ist, dass Gabi denen die Skizzen der Räume schickt und eine Sitzordnung.«

»Die wird sich freuen.«

Das gab Telefonüberstunden ohne Ende. Und sobald die Anwesenden damit begannen, sich gegenseitig zu widersprechen, was in fast allen Fällen geschah, musste das wieder geprüft werden.

»Wenigstens haben wir überhaupt eine Anwesenheitsliste«, sagte Maike. »Da müssen wir Patrick Klinkhammer wohl dankbar sein.«

»Wie hätte er auch sonst Rechnungen stellen sollen?«, fragte Zoe. »Wenn es darum geht, sind sie alle sehr akkurat.«

»Ich frage Gabi morgen, wie weit sie mit dem Sitzplan ist.« Maike nippte an ihrem Kölsch. »Lukas und ich befragen dann noch die ausstehenden Nachbarn in Oberteerbach. Irgendwas bekommen die ja immer mit. Zu den Lebensumständen der Brüder. Schon seltsam, dass die in dem Alter noch zusammengewohnt haben.«

»Da gibt es Seltsameres«, sagte Zoe. »Der Fünfzigjährige, der bei seiner Mutter wohnt, zum Beispiel. Vielleicht hatten sie Geldsorgen?«

»Bei der Wohnung?« Maike schüttelte den Kopf. »Gute Gegend, große Wohnfläche, die Inneneinrichtung neu. Da glaube ich keine Sekunde, dass sie deshalb zusammen gewohnt haben.«

»Ein Schlafzimmer oder zwei?«, fragte Zoe.

Der Gedanke war Maike auch schon durch den Kopf gegangen. Es mochte nicht oft passieren, doch Liebe zwischen Geschwistern kam vor. Und im Falle von Zwillingen wäre das vermutlich nicht einmal aufgefallen. Hier schien das jedoch eher nicht zuzutreffen.

»Zwei Schlafzimmer. Lukas hat das geprüft. Wobei eines sehr ordentlich war, das andere chaotisch. Könnte aber daran liegen, dass Patrick Klinkhammer das Haus früh verlassen hat und Pascal noch da war. Dass die Briefe auf dem Wohnzimmertisch lagen, könnte darauf hindeuten, dass er den Stapel gerade aus dem Briefkasten geholt hat. Wir vermuten, dass dann jemand geklingelt hat.«

»Na, bei ihm kommen die Briefe auf jeden Fall an«, sagte Zoe neckend. »Hast du schon mit eurem Ersatzbriefträger gesprochen? Oder bist du jetzt generell für die Zustellung bei der Bäckerei zuständig?«

Maike seufzte. »Manchmal träume ich von einem süßen kleinen Haus in einer schönen Gegend. Aber am Ende lande ich immer wieder am anderen Ende der Skala. Berlin hat auch nicht rosig begonnen. Zuerst Neukölln, dann die Wohnung in Lichtenberg. Und als ich dann endlich was am Prenzlberg hatte, ging es zurück in die Mitte.«

»Du hast in Berlin-Mitte gewohnt?« Verwirrt betrachtete Zoe sie über den Rand ihres Weinglases hinweg.

Maike verdrehte die Augen. »Mitte von Deutschland. Damit war Köln gemeint. Oder eben Niederteerbach.«

»Sag das doch mal der Graefe.« Zoe grinste breit. »Niederteerbach zum Zentrum von Deutschland machen. Das knallt.«

»Hör bloß auf. Ich frag mich, was als Nächstes kommt. Und woher nimmt sie eigentlich diese Energie?«

»Als Chefin scheint sie aber ganz gut zu sein«, merkte Zoe an. »Sarah ist ziemlich happy. Die freut sich immer total auf die Arbeit. Digitalisieren ist ihre neue Leidenschaft. Kann sie hier zu Hause auch gern mit anfangen.«

Maike schloss die Augen und stöhnte innerlich. »Also, was das angeht ...« Wie brachte sie es Zoe nur schonend bei? »Du kennst doch diesen netten Jungen, der bei der Graefe arbeitet.«

»Nein, wen denn?«

»Nicholas von Marking«, sagte Maike.

»Das ist kein Junge, das ist ein Mann«, stellte Zoe klar.

»Ach komm, der ist Anfang zwanzig. Quasi ein Junge.« Maike musste die Wucht irgendwie rausnehmen, um die radioaktive Wüste zu umgehen.

»Ja, ganz sympathisch«, sagte Zoe schließlich. »Wir haben an deinem Geburtstag ein paar Worte gewechselt. Da habe ich auch Sarah und ihn einander vorgestellt.«

»Ahhh.« Maike schluckte. »Du hast die beiden einander vorgestellt. Tja nun, weißt du, sie digitalisieren quasi zusammen.«

Zoe zuckte mit den Schultern. »Okay.«

»Di-gi-ta-li-sie-ren«, sagte Maike mit einem Zwinkern.

»Was!? Das heißt doch nicht ... du meinst doch nicht ... oh, dieses kleine hinterhältige Stück ...!«

»Wir bleiben jetzt ganz ruhig, Mamabär«, sagte Maike. »Schließlich arbeiten sie wirklich und die Bürgermeisterin ist total begeistert. Letztlich habe ich auch nur so ... na ja ... einen Kuss mitbekommen.«

»Deshalb war sie heute so freundlich.« Zoe begriff. »Damit du es nicht verrätst.«

»Vermutlich. Beim nächsten Mal werden die Teller wieder auf den Tisch gedonnert, wir sind alle Scheiße, und die Vornamen werden erneut ausgepackt. Geh es dezent an, ja? Im Prinzip hat sie ja nichts Böses gemacht. Sie ist jetzt eine junge Frau, fast erwachsen.«

»Hast du nicht eben noch gesagt, dass Nicholas mit Anfang zwanzig ein ›Junge‹ ist?«

»Jetzt mach hier mal nicht auf Staatsanwaltschaft«, wiegelte Maike ab. »Verhindern kannst du es eh nicht. Sei die coole Mutter. Sonst wird es heimlich gemacht. Und Nicholas ist wirklich ein ganz Netter.«

»Mark wird so happy sein«, sagte Zoe.

»Deshalb sagst du es ihm auch erst, nachdem ich weg bin und vorzugsweise während Sarah sich nicht im Haus befindet. Na, ist das ein Plan?« Maike leerte die Flasche und holte sich aus dem Mini-Kühlschrank eine weitere. »Und jetzt reden wir über wirklich wichtige Themen. Messer-Schrunz zum Beispiel. Wie löse ich den Fall vor ihr?«

»Du meinst mit ihr«, korrigierte Zoe.

»Mit ihr und dann doch wieder vor ihr.« Maike zwinkerte Zoe zu. »Ideen?«

# Kapitel 7

Maike übernachtete bei den Schwäfels und fuhr erst am nächsten Morgen zurück nach Niederteerbach. Eine Dusche später betrat sie gut gelaunt die Wache und nahm von Gabi den Kaffeebecher entgegen, den diese allmorgendlich bei ihrem Mann Harald in der Fressoase auffüllte.

Nach gestern konnte der heutige Tag nur besser werden.

Ein Irrtum, wie sich fünf Minuten später herausstellte.

»Maikelein«, erklang es von der Tür.

»Horst, na guten Morgen. Wie war die Zelle?«

Allabendlich tauchte Horst betrunken hier auf, wohlwissend, dass die Ausnüchterungszelle auf ihn wartete. Kürzlich hatte er sich darüber beschwert, dass er bei einer App, in der Hotels und andere Arten von Herbergen mit Sternen bewertet werden konnten, seine Zelle nicht fand. Schließlich hätte er ihr ohne Wenn und Aber fünf Sterne verliehen.

»Vorzüglich, Maikelein«, sagte er in dem ihm typischen Singsang, bei dem man nie genau wusste, ob er vom Restalkohol stammte. »Bekomme ich mein Buch, Gabilein?«

Lukas, der Horst aus der Zelle gelassen hatte, verschränkte nur die Arme und wartete.

»Ach, hast du jetzt Lesestoff dabei?«, fragte Maike.

Gabi zog besagtes Buch aus der Schublade. Ein in rotes Leder gebundenes Notizbuch, das recht hochwertig aussah. »Tja, das nicht gerade.«

Bevor Maike nachfragen konnte, rauschte Bürgermeisterin Sabine Graefe in die Wache.

»Also nein, das geht gar nicht!« Ihr Gesicht war rot vor Wut. »Willy hat sich ja bereits viel geleistet, aber das geht zu weit.« Sie begann mit einem hektischen Auf und Ab. »Er hat sich eine eigene Kriminalhauptkommissarin geholt!«

»Mittlerweile holt sich offenbar jeder eine, der was auf sich hält«, sagte Maike trocken. »Im Dutzend billiger.«

Lukas presste die Lippen zusammen.

»Keine eigenen Ideen, so war er schon immer. Er kopiert, wo er nur kann. Und dann auch noch diese Messer-Schrunz!« Die Graefe musterte Maike von oben bis unten. »Sie sollten anfangen, Sport zu treiben. Und Ihre Ernährung umstellen. Bei der Kleidung könnte ich Ihnen jemanden empfehlen. Wir putzen Sie ganz groß raus.«

»Das machen die in den Reality Shows auch immer«, warf Lukas ein.

»Reality Show.« Die Graefe stoppte. »Natürlich, ein Kamerateam begleitet Sie dabei! Und am Ende machen wir eine Gegenüberstellung zwischen Ihnen, Frau Pech, und dieser Messer-Schrunz-Person.«

»Sie meinen vom hässlichen Entlein zum Schwan?«, fragte Maike zuckersüß.

»Sie haben mich verstanden, Frau Pech.« Die Graefe nahm ihren unruhigen Gang wieder auf. »Wir müssen Willy zeigen, dass das so nicht geht.«

»Aber wir haben doch schon einen Wettbewerb, Frau Bürgermeisterin«, warf Horst ein und schwenkte sein Buch.

Die Graefe blinzelte irritiert. »Haben wir?«

»Der Mordfall«, sagte Horst. »Wollen Sie auch wetten?« Er schlug das Büchlein auf. Eine komplette Seite war bereits mit Namen und Beträgen gefüllt.

»Ach.« Die Bürgermeisterin trat näher und linste auf das Papier. »Das wäre natürlich in gewissem Maße unethisch von mir. Oder? Wenn das die Presse erfährt ... das geht nicht. Moment.« Sie wandte sich der Tür zu. »Herr von Marking!«

Ihr Assistent hatte offenbar draußen gewartet. Maike ging jede Wette ein, dass das etwas mit ihr zu tun hatte. Er betrat die Wache und wurde prompt feuerrot.

»Ja, Frau Bürgermeisterin?«

Die Graefe zeigte auf das Buch. »Sie steigen mit ein und wetten natürlich auf unsere Frau Pech.«

Horst nickte eifrig, zog den Stift und setzte ihn an. »Alle haben auf Maikelein gesetzt.«

Maike hatte schon eine wütende Tirade über Ethik und die Verantwortungslosigkeit von Wettbeeinflussung lostreten wollen, stoppte aber im Luftholen. »Ach?«

»Wie viel wetten Sie denn, Frau ... Herr von Marking?«, fragte Horst.

»Äh ...« Hilfesuchend blickte der zu seiner Chefin.

»Ich würde sagen, fünfhundert Euro sind da problemlos drin.« Die Bürgermeisterin schlug ihrem Assistenten auf die Schulter und gab ihm mit einem Zwinkern zu verstehen, wer den Einsatz zahlen würde.

»Wir haben keine Ahnung von nichts«, sagte Lukas mantraartig. »Und hören auch nichts.«

Horst trug die Daten in das Büchlein ein und wollte es schon wegstecken, doch Maike war schneller. Sie schnappte es sich und überblickte die Einträge.

»Die Beträge sind aber gering«, murmelte sie und blätterte um. »He! Da sind zwei weitere Seiten und da haben alle auf die Kollegin gesetzt! Und zwar viel mehr.«

»Das hat schon seine Richtigkeit, Maikelein.« Horst tätschelte ihr beruhigend die Schulter. »Ich habe das in die Wege geleitet. Quasi tiefgestapelt, damit du die Außenseiterin bist. Dann ist der Gewinn am Ende höher, falls du den Fall als Erste löst.«

»Sie meinen wenn«, korrigierte die Graefe. »Ich verlasse mich da auf Sie, Frau Pech. Fünfhundert Euro sind ein Wort.«

»Solange die nicht aus der Ortskasse kommen, ist doch alles gebongt«, sagte Maike lächelnd. »Und schließlich wetten ja nicht Sie, sondern Herr von Marking.«

»Richtig, richtig«, versicherte die Graefe. »Aber hier geht es doch um so viel mehr. Die Ehre dieses Präsidiums und Ihre Kompetenz, Frau Pech.«

»Die habe ich doch in ausreichend vielen Fällen bewiesen«, stellte Maike klar.

»Nach dem Fall ist vor dem Fall«, erklärte die Bürgermeisterin. »Bei Wahlen ist das genauso. Ich möchte diese Messer-Schrunz keinesfalls auf dem Titelbild unserer Zeitung als diejenige sehen, die den Mord gelöst hat. Sie haben hier die besten Ressourcen, die man nur haben kann.«

»Den ergonomischen Stuhl?«, fragte Maike.

»Ich mag Ihren Humor ja. Normalerweise«, sagte die Bürgermeisterin. »Aber jetzt ist dafür wirklich keine Zeit. Herr Yilmaz, Frau Petzold ...« Sie klatschte in die Hände. »Unterstützen Sie Ihre Chefin und machen Sie Niederteerbach stolz.«

Sie wollte sich bereits auf den Weg machen, doch Horst hielt sie zurück.

»Der Wetteinsatz.«

»Ah, richtig.« Kurz wirkte die Graefe irritiert, denn sie hatte offensichtlich kein Geld bei sich.

»Bar oder mit Karte?«, fragte Horst lächelnd. »Es gibt auch einen PayPal-Account. An anderen Zahlungsmethoden wird gerade gearbeitet.«

Maike starrte Horst perplex an. In der Ecke der Wache stand noch immer ein Faxgerät, aber ein betrunkener Dauergast einer Ausnüchterungszelle zog über Nacht einen Wettring auf und legte elektronische Zahlungsmöglichkeiten an. Ob er das Ganze schon beim Gewerbeamt angemeldet hatte? Maike war nicht ganz sattelfest, was die Gesetzeslage dazu anging.

Die Bürgermeisterin, Nicholas von Marking und Horst verließen schließlich gemeinsam die Wache.

»Womit habe ich das nur verdient?«, fragte Maike niemand Bestimmten.

»Frau Doktor Teppenmeier hat angerufen«, sagte Gabi. »Nur eine Erinnerung für den heutigen Mittagstermin. Weil du doch den letzten ›vergessen‹ hast.« Sie malte Anführungszeichen in die Luft.

Maike stöhnte auf. Seit Jens ihr diese Psychotherapeutin aufs Auge gedrückt hatte, musste sie einmal pro Woche dort vorbeischauen. Er sorgte sich um sie nach den Ereignissen rund um Billie. Die Leiche der besten Freundin zu finden hinterließ Spuren. Na ja, wenigstens hatte sie heute etwas zu erzählen.

»Alles klar, danke, Gabi. Was macht der Sitzplan? Hast du alle Namen von der Anwesenheitsliste erreicht?«, fragte sie.

»Ich habe die Hälfte durchtelefoniert«, erklärte Gabi. »Einige haben sich in ihrer Zeugenaussage widersprochen, so in der Art ›nein, neben mir saß kein Mann, da saß eine Frau‹. Aber das kriege ich mit etwas Glück bis heute Abend hin, dann leite ich wegen dem Sitzplan alles an die KT weiter. Als Nächstes nehme ich mir alle Personen vor und prüfe die Social-Media-Profile, die öffentlich zugänglich sind.«

»Und hast du Familienmitglieder der Zwillinge auftreiben können? Eltern? Weitere Geschwister?«

Gabis Antwort kam schnell. »Nichts, es gibt noch nicht mal Hinweise auf Freunde oder Bekannte.«

»Danke dir, Gabi.«

Maike wandte sich Lukas zu. »Wir beide fahren noch einmal in die Wohnung der Zwillinge und untersuchen sie etwas genauer. Außerdem will ich die restlichen Nachbarn befragen.«

Sie verabschiedeten sich von Gabi.

Vor der Tür des Rathauses stiegen sie in Maikes Dienstwagen. Sie parkte aus und fuhr in Richtung Ortsausgang, bremste jedoch neben der Bäckerei scharf ab.

»Oh nein«, sagte Lukas, der die Zeitungen im Aushang ebenfalls entdeckt hatte.

Auf dem Titelbild der Niederteerbacher Tageszeitung war Maike in ihren Leggins und mit leicht benebeltem Blick abgebildet. Die Überschrift lautete: Mode-Battle bei der Polizei. Setzt sich der Retro-Schick durch?

Ein kleineres Bild neben ihrem zeigte Sonja Messer-Schrunz.

»Dieser Brandt ist eine Made«, stieß sie zwischen zusammengebissenen Zähnen hervor.

»Soll ich eine holen?«, fragte Lukas. »Eine Zeitung?«

»Nein!«, rief sie und gab Gas. »Später vielleicht.«

Sie fuhren aus dem Ort und passierten wenige Minuten darauf das Ortsschild von Oberteerbach. Maike steuerte den Wagen vor das Haus mit der Wohnung der Klinkhammers, und gemeinsam begaben sie sich zur Wohnungstür.

»Wir starten mit den unmittelbaren Nachbarn«, beschloss Maike. »Falls die wieder nicht da sind, versuchen wir es später noch mal. Aber vielleicht haben wir ja Glück.«

Hatten sie tatsächlich.

Bereits auf das erste Klingeln hin öffnete eine Frau in den Fünfzigern die Tür. Ihr ergrautes Haar war zu einem Dutt gebunden. Sie trug eine Bluse und eine Jeans. Ihr Blick war zuerst grimmig, wechselte nach eingehender Analyse aber zu einem Willkommenslächeln. »Ah, Sie sind bestimmt die Kommissarin aus Niederteerbach.«

»Äh«, sagte Maike. »Kriminalhauptkommissarin Maike Pech. Mein Kollege Lukas Yilmaz.«

»Kommen Sie doch herein. Ich habe gerade frischen Kuchen da, wollen Sie vielleicht ein Stück. Und Tee?«

»Danke, aber ...«

»Ich bestehe darauf.«

Mit einem Knall fiel die Tür hinter ihnen ins Schloss. Aus irgendeinem Grund hatte Maike das Gefühl, soeben im Hexenhäuschen gelandet zu sein.

»Sie sind Frau Mitzich?«, fragte Lukas.

»Pia reicht vollkommen.« Die Frau winkte jovial ab und gab sowohl Lukas als auch ihr einen Schubs, der beide auf die Couch beförderte. »Tee oder Kaffee?«

»Wissen Sie ...«, begann Maike.

»Kaffee, das sehe ich Ihnen doch an.«

Sofort sprang sie auf und eilte in die Küche. Ein Vollautomat mahlte Bohnen, ein betörender Duft drang an Maikes Nase.

»Ich habe hier Marzipankuchen«, erklang es kurz darauf. »Aber so was mag ja nicht jeder. Wie steht es da bei Ihnen?«

Maike rang mit sich. Doch schließlich durfte sie nicht vergessen, dass der Aufbau einer emotionalen Bindung dafür sorgte, dass der jeweilige Zeuge freier von der Seele sprach. »Gerne, ein Stück! Der Kollege nimmt auch eines.«

»Maike!«, protestierte Lukas.

»Alles gut, falls du es nicht isst, übernehme ich das.«

Was für ein netter Zufall, dass sie hier so freigiebig mit Kaffee und Kuchen versorgt wurden. Und dann auch noch Marzipan. Als hätte Frau Mitzich ihre Vorliebe erraten. In Niederteerbach geschah so etwas nie.

»So, zwei große Stücke.« Beide Teller wurden abgestellt, die Tassen daneben. Ein Milchkännchen und eine Zuckerdose folgten.

»Sie ahnen sicher bereits, warum wir hier sind«, begann Maike, während sie sich eine Gabel mit Kuchen in den Mund schob.

»Nein«, sagte Frau Mitzich.

»Aber Sie haben uns doch sofort erkannt«, widersprach Lukas.

»Hm, ja, da haben Sie natürlich recht. Erzählen Sie es vielleicht trotzdem noch mal ausführlich«, bat die Nachbarin.

Maike erklärte ihr, dass sie in der Nachbarwohnung auf die Leiche von Pascal Klinkhammer gestoßen waren, und sein Bruder ebenfalls kurz zuvor gestorben war. Überraschenderweise hatte Frau Mitzich zahlreiche Nachfragen, was dazu führte, dass das Ganze etwa zwanzig Minuten dauerte.

»Ganz schrecklich«, sagte sie schließlich. »Noch ein Stück?«

»Nein, danke«, antwortete Maike.

»Mehr Kaffee?«

»Danke, nein. Aber erzählen Sie uns doch, wie Sie die beiden Brüder kennengelernt haben.«

»Ja, das ist wohl eine gute Idee«, stimmte die Nachbarin zu. »Aber dafür muss ich etwas ausholen. Es begann, als ich hier eingezogen bin. Ich stamme aus einer großen Familie mit sechs Geschwistern. Geboren wurde ich ...«

Frau Mitzich begann zu erzählen.

Maike war stolz auf ihre Geduld. Die Frau sprach in einem langen, monotonen Tonfall ohne Höhen und Tiefen.

Irgendwann war Lukas so weit, dass er das Geschirr wegräumte und für beide ein weiteres Stück Kuchen holte. Irgendwie musste man das ja durchstehen.

»Meine Ehe ist dann gescheitert«, sagte Frau Mitzich. »Es war schmerzhaft.«

»Sie Arme«, versicherte Maike schnell, um die Pause zu nutzen.

Doch bevor sie eine Frage stellen konnte, ging es weiter.

»Sie sind eine Nette, das wusste ich bereits, als Sie in der Tür standen. Und es war ja nicht so schlimm. Nach meiner Scheidung bin ich dann hier eingezogen ...«

Und so ging es weiter.

Zwischenzeitlich vibrierte Maikes Smartphone. Sie deutet mit einem Nicken an, dass sie auf die andere Seite des Wohnzimmers gehen würde. Lukas musste allein weiter der Lebensgeschichte lauschen.

Auf dem Display leuchtete der Name ihrer Nichte.

»Sarah«, sagte Maike. »Wie kann ich dir helfen? Und lass dir Zeit mit der Antwort.«

»Du hast es Mama gesagt«, kam es patzig zurück.

»Aber sie war doch ganz easy drauf«, erwiderte Maike. »Da musst du dir keine Sorgen machen.«

»So was kannst du nicht einfach machen, Maike. Das ist mein Privatleben!«

»Du bist minderjährig, du hast kein Privatleben.«

Nach einer kurzen Pause erwiderte Sarah: »Das sieht Sonja anders.«

»Ach, ist das eine neue Freundin? Ich will mal sehen, was passiert, wenn die ihren Eltern einen Freund in dem Alter vorstellt. Und dann noch ein Arbeitskollege – irgendwie.«

»Sie ist eine angehende Freundin«, sagte Sarah zuckersüß. »Und sie ist Kriminalhauptkommissarin.«

»Bitte was?«

»Sonja sitzt gerade in unserem Wohnzimmer und möchte mich befragen. Du weißt schon, weil ich eine wichtige Zeugin bin«, sagte Sarah zuckersüß. »Ich dachte, ich warne dich vor. Aber wenn du so drauf bist ...«

»Okay, okay, das ist total nett von dir.« Ihr kam ein Gedanke und sie sprach ihn aus. »Und jetzt hältst du sie hin.«

»Was, wieso das denn?«

»Weil ich dich darum bitte, Lieblingsnichte! Also, denk dir was aus.«

»Ist das nicht ... gemein?«, fragte Sarah.

»Mach es auf die nette Art. Biete ihr Kaffee an oder Tee. Und dazu besorgst du ein Stückchen Kuchen. Ich bin ja für Marzipan ...« Maike starrte zum Esstisch, wo Frau Mitzich noch immer vor sich hin plapperte. »Dieses elende Miststück.«

»Tantchen!«, rief Sarah.

»Und dann plapperst du einfach vor dich hin, erzählst unnützes Zeug aus deinem Leben«, knurrte Maike.

»Sonja ist doch nicht dumm, die merkt das nach fünf Minuten«, gab Sarah zu bedenken.

Ein weiterer Schlag für Maikes Ego. Der Marzipankuchen hatte sie erfolgreich hinters Licht geführt. Frau Mitzich war eindeutig gebrieft worden. Sie sollte Lukas und sie hinhalten, damit Sonja Messer-Schrunz schneller mit ihren Ermittlungen vorankam.

»Ärgere sie«, sagte Maike. »Führ sie hinters Licht. Bring sie zum Weinen.«

Damit legte Maike auf.

Mit energischen Schritten kehrte sie zurück zum Esstisch. »Also schön, Frau Mitzich, lassen wir die Spielchen. Können Sie uns etwas über die Brüder Pascal und Patrick Klinkhammer sagen?«

Die Nachbarin blickte erschrocken auf die Uhr. »So spät schon. Leider kann ich Ihnen da nicht weiterhelfen. Alle Informationen habe ich bereits unserer Kriminalhauptkommissarin gegeben. Die wird das dann aufschreiben und an Ihre Dienststelle weiterleiten.«

»Dachte ich es mir.«

Maike ging ohne ein weiteres Wort zur Tür. Lukas folgte verwirrt.

Erst als Frau Mitzichs Wohnungstür hinter ihnen zugefallen war, weihte sie ihn in ihr Gespräch mit Sarah ein.

»Das ist ja mies«, sagte Lukas. »Die hat uns nur hingehalten.«

»So etwas wäre mir ja im Traum nicht eingefallen«, erklärte Maike. »Aber da sie jetzt damit angefangen hat, unfair zu spielen, machen wir das eben auch.«

Lukas zog den Schlüssel hervor, der mittlerweile Teil der Asservaten war, und öffnete die Wohnung der Klinkhammers. »War gar nicht so einfach, den mitzunehmen. Unsere Kollegin hätte den auch gerne gehabt.«

»Ich bin stolz auf dich«, sagte Maike und meinte es so.

Jeder Punkt in diesem Spiel war wichtig, denn eines war klar: Das Wettrennen war bereits in vollem Gange.

# Kapitel 8

Maike hatte Gummihandschuhe übergestreift und ließ die Umgebung in Ruhe auf sich wirken. Wenn man eine Leiche fand, achtete man meist nicht auf die Details, es ging eher um das, was ins Auge sprang.

Die Spurensicherung hatte ihre Arbeit erledigt, hier und da sah sie Pulverreste auf Oberflächen, wo Fingerabdrücke genommen worden waren.

Im Wohnzimmer standen Bilder, die beide Männer miteinander zeigten. Auf einigen waren auch ein älterer Mann und eine ältere Frau zu erkennen.

»Das dürften wohl die Eltern sein«, sagte Maike.

»Gabi weiß nachher bestimmt schon mehr über die Eltern Klinkhammer«, erklärte Lukas.

»Seltsam, oder?« Maike nickte in Richtung der Bilderrahmen. »Da sind diese beiden Bilder, auf denen die Zwillinge höchstens ... neun sind. Dann noch mal beim Schulabschluss. Und hier drüben die beiden zusammen. Aber was ist mit Partnerinnen oder Partnern? Kein einziges Bild.«

»Vielleicht waren sie überzeugte Singles?«, schlug Lukas vor. »Und vor allem Patrick Klinkhammer hatte durch sein Studio bestimmt kein Mangel an kurzzeitigen Interessentinnen. Und Interessenten.«

Maike nickte schweigend.

Auf jeden Fall hatten die beiden eine Reinigungskraft, so pieksauber, wie das hier aussah. Ihr Gedanke kehrte zu Frau Adrigal zurück, die mysteriöserweise im Studio nicht hatte putzen dürfen.

Das Wohnzimmer wirkte aufgeräumt. Auf der Couch gab es keinen Fleck, die Kissen waren symmetrisch angeordnet. Testweise fuhr sie mit dem Zeigefinger über den Flat-Screen-TV. Es blieb kein Staub an ihrem Finger zurück. In der Luft lag der Geruch von Flieder. In einer Vase auf dem Wohnzimmertisch stand ein Strauß mit weißen Blüten. Er konnte nicht alt sein. Der braune Parkettboden glänzte, zumindest dort, wo die Spurensicherung nicht selbst Spuren hinterlassen hatte.

Sie betraten den angrenzenden Raum, der offensichtlich als Arbeitszimmer gedient hatte.

Gegenüber der Tür standen zwei Schreibtische aneinander. Auf beiden waren die obligatorischen PC-Monitore zu sehen, einige Papiere lagen an der Seite. Es wirkte auch hier sehr sauber und aufgeräumt. Darüber hinaus gab es lediglich einen Aktenschrank aus Metall.

»Ich werde nie verstehen, warum sich Menschen einen solchen Schrank zulegen und ihn dann nicht abschließen«, sagte Maike.

»Äh«, erwiderte Lukas.

»Du warst schon mal eloquenter.«

»Weißt du, als ich hier war, während du mit Son...«

»Wir nennen sie ab sofort entweder ›die Kollegin‹ oder ›die, deren Name wir nicht nennen‹.«

»Also während du mit ›der Kollegin‹ gesprochen hast, habe ich mit Paul Kericht geredet. Du weißt schon, der Schlüsselmann. Der stand noch vor der Tür. Ohne

Gerichtsbeschluss wollte er den Sicherheitsschrank aber nicht öffnen.«

»Okay.«

»Testweise habe ich vorhin bei ihm angerufen«, sprach Lukas weiter. »Er hat heute Mittag einen Termin mit ... ›der Kollegin‹. Vermutlich will er den Schrank für sie öffnen. Deshalb ist sie auch noch nicht hier.«

»Und hat für den Fall der Fälle dafür gesorgt, dass die liebe Frau Mitzich uns beschäftigt hält.« Maike nickte grimmig. »Aber wieso ist der Schrank dann offen?«

Lukas räusperte sich. »Ich habe ihn geöffnet.«

Maike sog scharf die Luft ein.

»Das ist nicht gegen die Dienstvorschriften«, haspelte Lukas. »Sie sind ja tot. Also die Bewohner. Und da ich den Schrank ohne Beschädigung aus eigener Kraft geöffnet habe, ist das legitim.«

»Eigentlich wollte ich dir ein Kompliment machen.« Maike schlug ihm auf die Schulter und schickte einen beeindruckten Blick hinterher. »Du kannst also Schlösser knacken? Gibt es in deiner Vergangenheit etwa spannende, dunkle Flecken?«

Lukas seufzte. »Das Süßigkeitenfach.«

»Bitte was?« Maike überflog bereits die Rückseite der zahlreichen Aktenordner.

»Na ja, meine Eltern haben darauf geachtet, dass wir Kinder nur wenig Süßigkeiten essen«, erklärte Lukas. »Jeden Tag durften wir uns etwas aussuchen, dann wurde die Süßigkeitenschublade wieder abgesperrt. Und als meine Eltern mal länger weg waren, da habe ich quasi selbst am Schloss, sagen wir, ›herumprobiert‹.«

»Und es geknackt«, sagte Maike.

»Es geöffnet«, stellte er klar. »Meine Eltern haben es bemerkt und nichts gesagt. Aber am kommenden Tag hatten wir ein Vorhängeschloss. Hab ich auch aufbekommen. Dann haben sie einen Eisenschrank geholt. War überraschend einfach.«

Maike starrte Lukas an. »Die haben dich ja glatt zu einem Panzerknacker erzogen.«

»Wohl eher versehentlich«, sagte er. »Als dann der Tresor kam, war ich schon auf der Polizeiakademie und habe der Versuchung widerstanden.«

»Das muss dringend in deine Personalakte, doch, darauf bestehe ich.« Sie grinste breit.

»Maike!«

»Nur ein Scherz. Außerdem habe ich für Süßigkeitenschubladen vollstes Verständnis.« Sie zog einen Ordner heraus und blätterte ihn durch.

Neben ihr tat Lukas das Gleiche.

Für einige Minuten war nur das Rascheln von Papier zu hören.

»Das hier sind massig Kontounterlagen«, sagte sie schließlich. »Und ausgedruckte Excel-Tabellen. Sag mal, war der Bruder, also Pascal, im Im- und Export tätig?«

»Nicht, dass ich wüsste«, erwiderte Lukas. »Aber bei mir sieht es ähnlich aus. Gabi weiß da inzwischen vielleicht auch schon mehr. Hier sind Dutzende ausländische Konten, sowohl innerhalb der EU als auch außerhalb. Kleinere und größere Summen wurden überwiesen. Im Betreff überall nur irgendwelche Nummern.«

Maike sah sich einen Geldeingang genauer an, merkte sich die Zahlenfolge im Betreff und blätterte zur Excel-Liste. »Hier ist es notiert. Alles sehr sauber.

Datum, dahinter die zugehörigen Zahlen aus dem Überweisungsfeld – vermutlich die Rechnungsnummer – und der jeweilige Betrag.«

Leider sagte das wenig aus.

»Warte mal.« Lukas zog einen Ordner hervor, auf dem das Wort Steuer mit der aktuellen Jahreszahl dahinter stand. »Wow.«

»Was denn?«, fragte Maike.

»Ich habe gedacht, die haben vielleicht irgendeine Steuerhinterziehungssache eingefädelt, aber hier ist alles aufgelistet.« Lukas runzelte die Stirn. »Sag mal, hat unser Zeuge, dieser Silberstahl, nicht bei einer Bank gearbeitet? Vielleicht bei einer in London? Eines der Konten ist dort registriert.«

Sie hatten natürlich immer die Möglichkeit, einen Forensiker über die Steuerunterlagen gehen zu lassen, aber die ertranken gerade in Arbeit. Ein Anfangsverdacht musste da schon vorliegen. Und den sah Maike hier nicht.

Maike nahm ihr Handy, fotografierte zwei der Seiten ab und schickte diese an Gabi mit der Bitte um Überprüfung. Möglicherweise fand sie noch etwas heraus und konnte über die Londoner Bank weitere Zusammenhänge herstellen.

Darüber hinaus bot das Arbeitszimmer nicht viele Ansätze. Im Mülleimer lagen einige zerrissene Papiere, die sich nach genauerer Untersuchung aber als unwichtig herausstellten.

Sie warfen noch einen Blick in die Schlafzimmer, fanden jedoch nichts Auffälliges.

Lediglich Lukas fiel im Badezimmer etwas auf. »Sieh mal, nur ein Wäschekorb.«

»Ist das seltsam? Sie sind ja Familie.«

»Ich habe auch Zwillinge im Freundeskreis und die tun alles, um sich voneinander abzugrenzen. Eigene Wohnung, unterschiedliche Klamotten und so weiter.« Er deutete hinein. »Aber die Klamotten sehen alle total gleich aus. Vieles ist sogar doppelt. Die Farben, die Marke ...«

»Sie standen sich auf jeden Fall sehr nah.« Maike nickte langsam. »Und haben nicht die Unterschiede zueinander betont, eher die Gemeinsamkeiten.«

Sie fluchte innerlich. Jetzt hätte sie wirklich gern mit jemandem gesprochen, der die Zwillinge näher kannte. Ein Blick in ihr Leben aus der Sicht eines Freundes oder einer Freundin hätte zahlreiche Fragen geklärt. Doch einstweilen blieben die beiden ein Mysterium.

»Gehen wir«, sagte Maike.

»Ich verschließe den Schrank mal besser wieder.« Lukas wollte sich ans Werk machen, aber Maike hielt ihn zurück.

»Lass das doch.« Sie lächelte böse. »Soll die ›Kollegin‹ ruhig wissen, dass wir schneller waren.«

Sie verließen die Wohnung.

»Wann sagtest du, ist der Termin mit dem Schlüsseldienst?«, fragte sie beiläufig.

»Fünfzehn Uhr«, antwortete Lukas.

Maike ließ es sich nicht nehmen, einen kurzen Anruf bei Jens zu tätigen. Sie bat darum, dass jemand von der KT die Unterlagen aus dem Büro der Zwillinge abholte und durchsah.

Sie legte auf und startete zufrieden den Motor. So also fühlte sich Genugtuung an.

»Das wird ›der Kollegin‹ aber nicht gefallen«, sagte Lukas.

»Das will ich doch hoffen.« Maike parkte aus und fuhr los. »Sie soll froh sein, dass ich Jens nichts von dieser Nachbarin erzähle, die uns hingehalten hat.«

Kurz vor der Mittagspausenzeit erreichten sie Niederteerbach. Maike parkte den Wagen vor dem Rathaus und gemeinsam stiegen sie die Treppenstufen hinauf zum Revier.

»Da seid ihr ja.« Gabi deutete mit einem Kuli auf einen Papierstapel vor sich. »Ich habe Neuigkeiten. Eine Menge. Mein Kopf raucht.«

Lukas sank auf den Stuhl hinter seinem Schreibtisch, Maike blieb direkt im Türrahmen stehen.

»Die Eltern der Zwillinge Patrick und Pascal Klinkhammer sind verstorben«, erklärte Gabi. »Vor vierundzwanzig Jahren hatte die Familie einen Autounfall auf dem Weg in den Urlaub. Auch die Insassen des anderen Autos sind verstorben. Nur die beiden Jungs haben überlebt, die waren da gerade volljährig.«

Maike schnippte mit den Fingern. »Das Jugendamt war also nicht zuständig. Plötzlich stehen zwei Achtzehnjährige alleine da. Muss schwer gewesen sein.«

Gabi fuhr fort. »Vor allem weil Pascal Klinkhammer da gerade seine Studienzusage bekommen hatte – BWL in Mannheim – und Patrick hat eine Lehre bei der Bank angetreten. Ebenfalls in Mannheim.«

Langsam wurde das Bild für Maike klarer. »Sie sind zusammengezogen und der eine Bruder hat mit seinem Ausbildungsgehalt den anderen beim Studium unterstützt. Das finden wir garantiert in den Kontounterlagen.«

»Muss ziemlich eng für beide gewesen sein«, merkte Lukas an.

»Wie man es nimmt«, sagte Gabi. »Ich habe über das Studiensekretariat eine Kommilitonin von damals ausfindig gemacht. Fragt nicht, was das für eine Telefoniererei war. Pascal Klinkhammer hat im Verlauf des Studiums einige Personen aus der High Society kennengelernt. Ihr wisst schon, Sprösslinge, deren Eltern sie im Winter mit nach Davos oder gleich Aspen mitnehmen.«

»Das ist so weit weg von meinem Leben«, sagte Maike mit einem Seufzen.

Gabis Körper schien vor unterdrückter Energie zu vibrieren, als sie weitersprach. »Diese Kommilitonin war gar nicht gut auf die Zwillinge zu sprechen. Die haben nämlich bei mindestens zwei Gelegenheiten die Rollen getauscht.«

»Bitte was?«, fragte Lukas.

Gabi nickte. »Wie es scheint, wollte Pascal auch seinem Bruder – der durch seine Lehre ja alles finanzierte – Auszeiten gönnen. Deshalb hat er ihn statt sich selbst zu Ferieneinladungen geschickt. Die beiden kannten den Freundeskreis und das berufliche Umfeld des jeweils anderen offenbar mehr als gut. Besagte Frau, also ehemalige Kommilitonin, war zu dem Zeitpunkt die Freundin von Pascal und hat wohl – ohne es zu wissen – das Bett mit dessen Bruder Patrick geteilt.«

»Okay, das ist doch mal ein richtig gutes Mordmotiv«, sagte Maike zufrieden.

»Sie ist gerade auf einer Privatfinca in Brasilien«, erklärte Gabi. »Alles hieb- und stichfest. Aber sie hat sich in Rage geredet. Nachdem sie bemerkt hat, dass die Zwillinge sie hereingelegt haben, hat Pascal sie trotzdem um den Finger gewickelt. Die beiden waren wohl unglaubliche Charmeure. Für eine kurze Zeit hat sie sich sogar auf eine Dreiecksbeziehung eingelassen, was man in dem Alter halt so ausprobiert. Dadurch hat sie mitbekommen, dass die Zwillinge auch beruflich öfter die Rolle des anderen eingenommen haben. Die beiden waren ultraschlau. Somit hatten am Ende beide das Wissen der Ausbildung und das Wissen des Studiums. Den jeweils offiziellen Abschluss hatte natürlich jeder in seinem Bereich.«

»Mir hat die Ausbildung an der Polizeifachhochschule gereicht«, sagte Maike. »Da hätte ich keine Zeit gehabt, noch eine zweite parallel zu machen.«

»Kam ihnen wohl in dem Fall zugute, dass sich Studium und Ausbildung fachlich überschnitten haben«, merkte Lukas an.

»Aber wie kam es dann, dass der eine zu einem Meditationslehrer wird und der andere ... was war der denn überhaupt?«, fragte Maike. »Und wieso haben die weiter zusammengewohnt?«

»Nach seinem Studium zog Pascal Klinkhammer eine international agierende Immobilienfirma auf«, sagte Gabi. »Mehr weiß ich dazu nicht. Die Grundstücke auf der Website sind allerdings alt und liegen alle in Ländern, wo ich den aktuellen Status nicht abfragen kann.«

Was bei Maike alle Alarmglocken schrillen ließ. »Irgendein Hinweis zu den Konten, die ich dir geschickt habe?«

Gabi blätterte durch den Stapel vor sich. »Die Eingänge auf dem Konto von Pascal Klinkhammer – auf das er und sein Bruder Zugriff hatten –, kamen über die

Jahre hinweg von unterschiedlichen Konten. Alle liegen im Ausland – sowohl innereuropäisch als auch außerhalb der EU. Ich habe bei einer Bank angerufen, aber die können nichts dazu sagen. Das ist ein riesiges Netzwerk; wird dauern, das alles zu entschlüsseln.«

»Aber wir haben doch die IBAN-Nummern und die Namen der Banken«, sagte Lukas.

»Spielt keine Rolle, leider. Auch nicht innerhalb von Europa. Letztlich kannst du bei einer Überweisung jeden beliebigen Namen eintragen, es wird nur die IBAN geprüft. Gibt es ein Konto unter dieser IBAN-Nummer, findet das Geld seinen Weg – egal ob der Name stimmt oder nicht. Für Rücküberweisungen muss aber die Bank, an die die Überweisung gesendet wurde, zustimmen, was meist nicht der Fall ist. Und Auskunft über den Konto-Inhaber geben sie auch nicht. Selbst wenn ein Verfahren läuft, klappt das meist nicht. Die lokale Staatsanwaltschaft hat da länderübergreifend keine Handhabe. Da brauchst du schon schwerere Geschütze. Wenn organisierte Kriminalität im Spiel ist, gibt es weitere Eskalationsstufen. Aber haben wir diesen Verdacht?«

»Eher nicht«, gab Maike zu.

»Lustigerweise gibt es eine Behörde, vor der sich jeder fürchtet. Und die könnte womöglich was machen«, sagte Gabi. »Ich habe nämlich einige Kontonummern in die Datenbank eingegeben und siehe da: Bei einer wurde ich fündig. Es liegt eine Anzeige bei der Polizei in Köln gegen unbekannt vor.«

Maike sah Gabi verblüfft an. »Bitte was?«

»Glaub es nur«, sagte die. »Es wurde Geld auf das ausländische Konto überwiesen, und kurz darauf wurde es geschlossen. Laut den Unterlagen aus der Wohnung, diesen Excel-Listen, landete exakt diese Summe aber wohl auf dem Konto der Klinkhammers.«

»Und wieso ist dem niemand nachgegangen?«, fragte Maike.

»Weil die Kollegen eben nicht an Informationen zum Inhaber des ausländischen Kontos gekommen sind«, erklärte Gabi. »Deshalb war es unmöglich, der Spur weiter zu folgen. Wir aber haben die Kontounterlagen des Zielkontos. Nur aus diesem Grund wissen wir das.«

»Aber um die Kette sauber zu schließen, bräuchten wir den Inhaber des Auslandkontos«, ergänzte Maike. »Die Unterlagen der Klinkhammers sind ja einwandfrei. Da sind Rechnungen zu allen Transaktionen – natürlich mit kryptischem Betreff –, weshalb die sich auch komplett davon hätten distanzieren können. Die Zwischenstation existiert nicht mehr.«

Aus Sicht der Person, die ihr Geld verloren hatte, war es im Ausland versickert. Ohne Spur. In Wahrheit war es von dort zurück nach Deutschland überwiesen worden und das ausländische Konto verschwunden. Die Bank als Zwischenhändler im Ausland gab keine Auskunft. Die Staatsanwaltschaft in Deutschland wusste wiederum nicht, dass das Geld ins Land zurückgekehrt war beziehungsweise auf welches Konto, und hatte keine Ahnung, wem das Auslandskonto gehört hatte.

»Wir bräuchten dringend ein europäisches Finanzsystem, das alle Bankentransaktionen nachvollziehbar macht«, sagte Maike. »Aber was genau meintest du, als du sagtest, dass es eine Behörde gibt, die uns helfen kann?«

»Das Finanzamt«, sagte Gabi. »Denn wenn wir nachweisen, dass die Klinkhammers Geld von jemandem erhalten haben, gegen den ein Verfahren läuft, dann fällt jede Sperrfrist in sich zusammen. Das Finanzamt kann eine komplette Prüfung einleiten.«

Maike rieb sich die Hände. »Bringt uns zwar nichts unmittelbar, aber wenn mein Instinkt mich nicht trügt, finden wir noch deutlich mehr Opfer solcher finanziellen Betrügereien.« Sie hatte bereits eine Ahnung, was hier gelaufen war. »Hast du die Adresse der betroffenen Person, die Anzeige gegen unbekannt erstattet hat?«

»Habe ich.« Gabi schob Maike einen Zettel zu.

»Dann werde ich dort doch mal freundlich anklopfen.« Sie nahm den Zettel. »Danach habe ich sowieso einen Termin in Köln.«

»Ich habe heute Freistunden eingetragen und würde heute Mittag gleich in Köln bleiben«, sagte Lukas und verließ mit ihr die Wache.

# Kapitel 9

Maike stoppte den Wagen vor dem Haus von Fernanda Rodriguez. Bevor sie aussteigen konnte, summte ihr Smartphone und verkündete eine eingegangene Textnachricht. Sie war von Martin.

Sofort spürte sie die bekannte Mischung aus Kribbeln und Zweifeln im Bauch. In den letzten Wochen, nachdem Billies Mörder gefunden worden war, hatte Martin sie zweimal in Niederteerbach besucht. Die SoKo zur Aufklärung von Billies Mord war mittlerweile aufgelöst. Zugegeben, es war schön gewesen, ihn in dieser Zeit häufiger zu sehen. Maike hatte außerdem fast jeden Tag mit ihm über Video telefoniert. Nun stand die Einladung im Raum, dass sie für ein verlängertes Wochenende nach Berlin käme.

Was dort passieren würde, war ihr natürlich klar. Aber wollte sie das? Und wie beeinflusste es ihre Zukunftsentscheidung? Irgendwie hatte sie die schrulligen Niederteerbacher liebgewonnen. Selbst ein Wechsel nach Köln erschien ihr immer weniger verlockend.

Sie tippte auf die Nachricht.

Hast du heute Abend Zeit?, fragte Martin.

Selbe Uhrzeit wie immer, tippte sie.

Mit einem Glas Wein im Wohnzimmer würde er auf dem Bildschirm ihres Tablets von seinem Tag erzählen und sie von ihrem. Das hatte Vorteile. Sie musste sich nur bis zum Hals stylen, alles darunter sah er sowieso nicht.

Lukas räusperte sich. »Also wir wären dann da.«

»Oh, richtig.« Maike schnallte sich ab und stieg aus.

Die Wohnung von Fernanda Rodriguez lag in Chorweiler. Einem ökonomisch schwachen Stadtteil von Köln, in dem die Hochhäuser der 60er- und 70er-Jahre das Stadtbild dominierten und fast die Hälfte der Menschen staatliche Unterstützung bezogen. Fernanda Rodriguez stammte aus Spanien und war damit EU-Bürgerin. Gabi hatte das Melderegister überprüft und etwas Interessantes entdeckt.

Die Frau hatte bis vor einigen Jahren noch in Lindenthal gelebt, eines der beliebtesten und teuersten Stadtviertel in Köln.

Der Absturz musste also tief gewesen sein. Da sie nie verheiratet gewesen war, konnte zumindest eine schlecht gelaufene Scheidung nicht der Grund sein.

Maike blickte das Hochhaus empor. Massenmenschhaltung, zehn Parteien pro Stockwerk, auf insgesamt zwanzig Etagen. Die Fassade war heruntergekommen, auf einigen Balkonen hing Wäsche.

Sie trat an die Tür und begann mit der Suche. Die über achtzig Klingelschilder stellten eine echte Geduldsprobe dar.

»Hast du es?«, fragte sie Lukas, dessen Blick neben ihrem über die Namensschilder huschte.

»Gleich«, erwiderte er.

»Ha! Erste!« Maike klingelte bei F. Rodriguez.

Sekunden verstrichen, dann erklang eine kratzige Stimme: »Ja, bitte?« Der Ton war vornehm.

»Kriminalhauptkommissarin Maike Pech«, stellte sie sich vor. »Ich bin hier mit meinem Kollegen Yilmaz. Wir würden gerne mit Frau Fernanda Rodriguez sprechen.«

Der Türsummer erklang.

Maike schob die Tür auf, ignorierte den stechenden Geruch von Abfall und Urin im Eingangsbereich und steuerte auf den Fahrstuhl zu. Ein großes Schild verriet: Außer Betrieb.

»Ach nee«, sagte sie. »Die Klingel war relativ weit oben, oder?«

»Neunzehnter Stock«, erwiderte Lukas.

Gemeinsam machten sie sich an den Aufstieg. Und das ganz ohne Sauerstoffflasche und Getränkeausrüstung. Die Zeit verstrich und schließlich erreichte Maike ihr Ziel, wenn auch mit knapper Not und vielen stummen Flüchen. Lukas, der kleine Mistkerl, hatte keinen Schweißtropfen auf der Stirn. Er atmete nicht einmal schwer.

Maike klingelte erneut, dieses Mal direkt an der Tür.

Schritte erklangen, es wurde geöffnet.

»Frau Rodriguez«, sagte Maike schwer atmend. »Entschuldigung, es hat etwas gedauert.«

»Ich dachte schon, es ist ein Scherz. Darf ich bitte Ihre Ausweise sehen?«

Die Frau war elegant und körperbetont gekleidet. Die Farbtöne schmeichelten ihrer Haut, doch der Schnitt – das sah selbst Maike – war in die Jahre gekommen. Die Haut war gepflegt, aber die Ringe unter den Augen wiesen auf Stress und wenig Schlaf hin.

Lukas und sie zeigten ihre Ausweise vor und durften eintreten.

Die Wohnung roch wie frisch geputzt, der Duft von Essigreiniger lag in der Luft.

»Sagen Sie mir bitte, dass es etwas Neues gibt«, sagte Fernanda Rodriguez.

»Frau Rodriguez, wir sind tatsächlich aufgrund Ihrer Anzeige gegen Unbekannt hier.« Maikes Puls regelte sich langsam herunter.

»Unbekannt!« Rodriguez lachte auf. »Mögen Sie sich nicht setzen? Einen Tee? Oder Kaffee? Ich habe allerdings nur Pulver.«

Lukas und Maike lehnten ab. Sie nahmen auf der Couch Platz und Lukas zückte Notizblock und Stift.

»Wieso haben Sie gerade gelacht, als ich sagte ›unbekannt‹?«

Frau Rodriguez nahm ihnen gegenüber Platz. »Es war ein Schock für mich. Man liest so viel über diese Schwindler. Ich habe mich immer gefragt, wie diese verzweifelten Frauen auf solche Männer hereinfallen. Und dann ...« Sie atmete aus, ihr Blick verlor sich in der Ferne.

»Bis es Ihnen passiert ist«, half Maike aus.

»Richtig. Leon war so zuvorkommend.«

»Wann haben Sie diesen Leon denn kennengelernt?«, fragte Maike.

»Das war vor vier Jahren«, erklärte Frau Rodriguez. »Auf einer Vernissage. Wir kamen ins Plaudern über einen Adrjecho . Der Künstler wird Ihnen nichts sagen, er war ein aufstrebender Stern in der Kunstszene. Ich war die Besitzerin der Galerie, habe sie über viele Jahre aufgebaut. Nach dem Gespräch kam es zu einem gemeinsamen Essen, es folgten viele weitere.«

»Über welchen Zeitraum?«, fragte Lukas.

»Oh, es waren ein paar Monate, in denen wir uns kennenlernten«, erklärte sie. »Es kam zu Intimität, dann waren wir sozusagen ein Paar. Er hat stets das Essen bezahlt, mich ausgeführt. Ich musste ihn dazu zwingen, manchmal etwas von mir anzunehmen. Dadurch war ich überzeugt, dass es ihm nicht ums Geld ging.«

»Was es aber doch tat«, warf Maike ein.

»Irgendwann sprachen wir übers Zusammenziehen«, erklärte sie. »Er hatte eine sehr große Wohnung. Heute weiß ich, dass sie ihm gar nicht gehörte. Er hat sie immer wieder gemietet, wenn ich ihn besuchte, öfter war er aber bei mir. Ich hatte ja in der Galerie ständig zu tun und meine Wohnung lag darüber. Wir fuhren gemeinsam in den Urlaub – nach Mallorca – und verliebten uns in ein Ferienhaus. Es war recht teuer, doch zusammen hätten wir das stemmen können. Sogar ohne Kredit. Ich überwies ihm das Geld, und er wollte sich um den Rest kümmern. Das war ein Konto auf Mallorca.«

Lukas hatte auf dem Weg hierher die Anzeige studiert und die wichtigsten Daten vorgelesen. Daher wusste Maike, dass es sich um eine Summe in Millionenhöhe handelte. »Ich nehme an, dass er danach plötzlich weg war.«

»Er sprach von einer Dienstreise«, erklärte Frau Rodriguez. »Ich dachte mir nichts dabei. Bis mein Konto leer war. Er hat sich Zugriff verschafft, vermutlich von meinem Computer, während er mich besucht hat. Es wurde alles auf ein ausländisches Konto überwiesen.«

»Er hat also zuerst Ihre Rücklagen geplündert und dann den gesamten Rest abgeräumt«, fasste Maike zusammen. »Das ist wirklich mies. Tut mir sehr leid.«

»Ich musste meine Galerie aufgeben und hierher ziehen. Ein Schatten legte sich auf ihr Gesicht, während sie sich in ihrer kleinen Wohnung umsah. »Seitdem ist es ein Kampf.«

»Bei der Anzeige haben Sie den exakten Betrag angegeben, den Sie auf das mallorquinische Konto überwiesen haben, und auch den exakten Betrag, den Leon ohne Ihr Wissen angewiesen hatte«, sagte Maike.

»Ich werde es niemals vergessen«, sprach Frau Rodriguez weiter. »Wie könnte ich auch? Die Polizei hat herausgefunden, dass es einen Leon Trumpf nicht gab. Deshalb die Anzeige gegen Unbekannt. Das ausländische Konto ist mittlerweile aufgelöst und die Bank gibt keine Auskunft darüber, wem es gehört hat. Vermutlich war es aber auch auf einen falschen Namen angelegt.«

Bedauerlicherweise ist das nicht einmal relevant, überlegte Maike. Denn ohne die Mithilfe der Bank kam man schlicht nicht an Informationen über den Eigentümer, selbst wenn dieser frei heraus den korrekten Namen angegeben hatte.

»Wären Sie so nett, mir zu sagen, ob Sie diesen Mann kennen?« Maike hielt Frau Rodriguez ihr Handy entgegen, auf dem sie ein Bild von Patrick Klinkhammer geöffnet hatte.

»Das ist er!«, rief diese. »Sie haben ihn! Oh, das ist wunderbar.« Eine Tränenspur zog sich über ihre Wange. »Sie haben auch das Geld?«

Hoffnung leuchtete im Blick der Frau auf, wie ein Fanal. Vermutlich sah sie sich bereits die Wohnung kündigen und Kisten packen.

»Der richtige Name von Leon Trumpf ist Patrick Klinkhammer. Oder Pascal Klinkhammer. Es handelt sich um Zwillinge, wir wissen nicht, welcher sich als Leon ausgegeben hat. Möglicherweise sogar beide«, erklärte Maike. »Und beide wurden gestern ermordet.«

Frau Rodriguez starrte sie an, als sei ihre Welt prompt ein zweites Mal zusammengebrochen. »Tot? Zwillinge?«

»Das ist richtig, beides«, sagte Lukas.

»Wir werden natürlich einen forensischen Buchhalter an das Kontogeflecht setzen, das die Brüder aufgebaut haben«, erklärte Maike. »Mit etwas Glück unterstützt uns das Finanzamt. Die Chancen, dass Sie Ihr Geld zurückbekommen, sind also gestiegen.«

Frau Rodriguez atmete ein und wieder aus. »Ich danke Ihnen.«

»Trotzdem muss ich Sie das fragen, Frau Rodriguez: Wo waren Sie gestern morgen? Zwischen sieben und acht Uhr?«

»Sie glauben doch nicht, dass ich Leon ... ich meine Patrick ... oder den anderen, umgebracht habe?« Sie suchte entgeistert Maikes Blick. »Ich wusste nicht mal seinen Namen. Oder, dass es überhaupt zwei Männer sind. Sonst wäre ich zur Polizei gegangen, damit sie beide verhaftet werden.«

Maike glaubte der Frau, wollte ihr Alibi aber trotzdem hören. Der Hass auf die Personen, die ihr Leben zerstört hatten, musste immens sein, auch wenn augenscheinlich die Traurigkeit überwog. Soweit Maike das beurteilen konnte, wollte Frau Rodriguez einfach ihr altes Leben zurück, was nach einem Mord in der Regel nicht mehr funktionierte.

»Ich war zuerst draußen joggen«, erklärte Frau Rodriguez schließlich. »Ich brauche das einfach täglich, sonst gehe ich hier ein in dieser Mausefalle. Danach war ich spazieren und einkaufen.« Sie nannte den Supermarkt. »Vielleicht gibt es dort ja Überwachungskameras, ich weiß es nicht.«

»Wir prüfen das.« Maike nickte ihr freundlich zu. »Wir lassen Ihnen das Aktenzeichen des Falls hier. Wenn Sie sich einen Anwalt nehmen, kann dieser Einblick fordern und bleibt bei der Entwicklung auf dem Laufenden.«

Lukas reichte ihr nach kurzem Gekritzel ein Blatt Papier.

»Ich danke Ihnen, vielen Dank.« Frau Rodriguez presste den Zettel an ihre Brust, als handele es sich um das Ziel all ihres Sehnens.

Sie verabschiedeten sich und verließen die Wohnung. Wie ein Schatten haftete die Trostlosigkeit an Maike. Es war ihr stets wichtig, den Mörder eines Opfers zu finden, doch in diesem Fall fiel es ihr schwer, Mitleid mit den Klinkhammers zu empfinden.

Lukas verabschiedete sich vor dem Haus und ging Richtung U-Bahn.

Maike stieg in den Wagen und fuhr zu ihrem Termin, den sie liebend gern gar nicht erst wahrgenommen hätte. Doch es gab keine Alternative.

Sie brauchte dreißig Minuten bis zur Praxis von Frau Doktor Teppenmeier, die nur zwei Straßen vom Polizeipräsidium entfernt lag. Vermutlich hatte die Psychotherapeutin das absichtlich so eingerichtet, ein Großteil ihrer Klienten entstammte der Polizei.

Die Praxis war im Erdgeschoss eines ruhig gelegenen Mehrfamilienhauses eingerichtet. Dass die Eingangstür violett gestrichen war, hatte gleich beim ersten Besuch bei Maike einen gesunden Fluchtreflex ausgelöst. Leider war sie trotzdem eingetreten.

Sie atmete tief durch und öffnete die Tür zu den Praxisräumen. Mittlerweile wusste sie vom Sensor unter der Fußmatte.

Aus verborgenen Lautsprechern schallte der Refrain von ›Freude schöner Götterfunke‹. Quasi der Ersatz für die Türklingel.

»Sie sind zu spät, Frau Pech«, erklang die vorwurfsvolle Stimme der Therapeutin.

»Eine Zeugenbefragung«, entgegnete Maike.

»Wie kommt es, dass ich im Rollstuhl sitze, aber stets pünktlich bin, Sie das aber nicht schaffen?« Dr. Teppenmeier kam herbeigerollt.

Jens hatte Maike gewarnt, dass die Frau unkonventionell sei. Und ein harter Brocken. Also genau das, was sie benötige. Haha. Sie hätte ihn gern mal in die Praxis gesetzt.

»Falls Ihr ständiges Zuspätkommen eine Vermeidungsstruktur ist, um unsere Sitzungen abzukürzen, kann ich Sie beruhigen.« Die Therapeutin blickte ihr gelassen entgegen. »Ich habe Ihren Termin sowieso zwanzig Minuten später angesetzt und den vorherigen verlängert.«

»Dann bin ich also pünktlich«, sagte Maike betont freundlich.

»Versehentlich pünktlich ist trotzdem zu spät«, gab Teppenmeier ebenso freundlich zurück. »Rein mit Ihnen.«

Sie rollte rückwärts und gab damit den Weg in die Praxis frei. Maike ließ den Wartebereich voller Sitzkissen hinter sich. An der Wand hingen Leinwände, die lediglich mit unterschiedlichen Farben betupft worden waren.

Hier drinnen hatte Maike stets das Gefühl, im Zimmer eines Flowerpower-Kindes gelandet zu sein. Für den Patienten oder die Patientin gab es einen Hängestuhl, der an einem dicken Tau an der Decke festgemacht war. Frau Doktor Teppenmeier saß gegenüber in ihrem Rollstuhl, für den eine freie Fläche reserviert war. Jede Wand war in einer anderen Farbe gestrichen.

Das einzige graue Element war die Therapeutin selbst, die Jeans und eine dunkle Bluse trug. Sie war in ihren Fünfzigern, hatte das graumelierte Haar zu einem Zopf gebunden. Um die Augen herum lagen Lachfalten.

»Also schön, legen Sie los. Ich bin gespannt. Das ist bei Ihnen immer wie eine Folge GZSZ trifft auf Mord mit Aussicht.«

»Mein Leben ist weder eine Soap noch ein Krimi.«

Frau Dr. Teppenmeier holte aus und schlug auf einen Buzzer. Ein trauriger Klang ertönte. Neben ihr auf einem hüfthohen Tisch standen zwei davon. Es gab den Zonk und die Gratulationsfanfare.

»Sie wissen, wofür.«

»Ich habe den Dialog nicht aufgenommen, sondern geblockt«, sagte Maike.

»Wir sind keine Miesmuschel«, kam es von der Therapeutin. »Wir haben jetzt bereits einige Sitzungen hinter uns und wenn ich Ihrem Chef am Ende einen positiven

Bericht schreiben soll, dann geben wir uns etwas Mühe.«

»Und mit ›wir‹ meinen wir natürlich mich«, sagte Maike.

Frau Dr. Teppenmeier schlug auf die Gratulationsfanfare. »Korrekt erkannt. Also, geben Sie mir bitte das Was-bisher-geschah.«

Maike wusste, dass die Therapeutin es manchmal übertrieb, um ihre Position deutlich zu machen. Gerade in diesem Männerdschungel, wo eigentlich niemand über seine Gefühle reden wollte, war das unumgänglich. Wenn es jedoch um den Kern ging, brachte sie es mit wenigen Sätzen auf den Punkt.

»Ich hänge noch immer an der Frage des Wohnorts«, sagte Maike. »Niederteerbach ist irgendwie nett. Köln wäre aber näher bei Zoe und generell schöner. Alles ist natürlich schöner als Niederteerbach. Und Martin drängt mich, doch mal einen Urlaub in Berlin zu machen. Vielleicht will er ja, dass ich dorthin ziehe? Andernfalls wäre das so ein Fernding. Für so was bin ich aber eigentlich nicht zu haben. Und Zoe würde sich bestimmt freuen, wenn ich nach Köln komme. Und meine Mutter. Die Niederteerbacher wären dann vermutlich nicht so begeistert. Und ...«

»Stopp.« Ihre Therapeutin hatte eifrig auf ihren Block gekritzelt. »Das war nicht nur total wirr, es waren auch eine Menge Interpretationen. Sie durchdenken permanent, was die anderen möglicherweise wollen. Könnte sich also lohnen, einfach mal mit diesen anderen darüber zu sprechen.«

»Aber ...«

Ein Schlag und der Zonk erklang. »Welches ist das böse Wort?«

»Aber«, sagte Maike schicksalsergeben.

»Und ich war noch nicht fertig. Sehen Sie, Frau Pech, die wahre Frage ist doch, was Sie wollen. Und ich muss sagen, soweit ich das sehe, benutzen Sie die anderen Menschen als Ausrede, keine eigene Entscheidung treffen zu müssen. Wo wollen Sie arbeiten?«

»In Niederteerbach«, entfuhr es Maike. »Oh.«

»Das war gar nicht so schwer, oder? Was aber auch die Frage einschließt, wo Sie wohnen wollen. Denn nach Köln könnten Sie trotzdem jederzeit ziehen, richtig?«

Maike musste zugeben, dass das stimmte. Aber wollte sie das? Momentan erklärte sie Zoe ständig, dass ja mit Martin noch nichts geklärt war. Und ihm sagte sie, dass sie Zoe auf keinen Fall wieder allein lassen konnte. Dadurch blieb sie in Niederteerbach. Und gleichzeitig war jede Entscheidung über ihr Privatleben aufgeschoben.

»Ich benutze Zoe als Aufschub für Martin und Martin als Aufschub für Zoe«, sagte sie in einem Anflug von Klarheit.

»Ding, ding, ding!« Frau Doktor Teppenmeier schlug auf den Fanfaren-Button. »Sehen Sie.« Die Therapeutin legte den Block beiseite. »Ihr Leben ist nach der Aufklärung des Mordes an Ihrer Freundin Billie frei. Sie sind nicht länger von äußeren Faktoren abhängig. Da sage ich Ihnen nichts Neues, darüber haben wir bereits gesprochen. Doch Sie neigen dazu, äußere Faktoren zu konstruieren, die verhindern, dass Sie eine Entscheidung treffen. Das ist nichts Ungewöhnliches. Viele fühlen sich in solchen Lebenssituationen von den Entscheidungsmöglichkeiten, der Vielfalt, der möglichen Wege, vollkommen überfordert. Sie haben jetzt die Wahl. Wenn Sie woanders arbeiten wollen, lassen Sie sich versetzen. Alternativ bleiben Sie vor Ort. Wollen Sie woanders wohnen, ziehen Sie um. Entscheiden Sie sich dafür, das mit Martin zu vertiefen, tun Sie es. Wohin auch immer es führt.«

Maike begriff, dass sie tatsächlich permanent in Möglichkeiten und Theorien festgehangen hatte. In ›das geht nicht‹ und ›das kann ich nicht‹. Sie hatte eine Blase erschaffen, in der sich nichts veränderte, obwohl „Billies Mörder finden" nicht länger ein Faktor war.

Die Frage war jedoch, was wollte sie genau jetzt wirklich?

Frau Dr. Teppenmeier beobachtete sie eingehend, ließ ihr aber die Zeit, eigene Schlüsse zu ziehen.

Schließlich begann Maike zu sprechen.

# Kapitel 10

»Du siehst aus, als hättest du eine Epiphanie gehabt«, sagte Harry.

Maike zog gerade ihr Kölsch über den Tresen der Fressoase und konnte nicht anders, als ihn anzustarren.

»Das bedeutet, dass du eine göttliche Erscheinung hattest«, ergänzte Gabis Ehemann und Inhaber der wichtigsten Lokalität in Niederteerbach.

»Ich weiß, was das heißt«, sagte sie. »Hätte dich nur nicht für religiös gehalten.«

Harald war ein freundlicher Mann im spät-mittleren Alter. Er trug wie immer eine Schiffchenmütze und eine Schürze, stand hinter der Durchreiche und lächelte. »Man liest halt in der Freizeit.«

»Die Bibel?«, fragte Maike.

Harry lachte auf. »Ein Thriller, der im Vatikan spielt.«

Nun war sie doch irgendwie beruhigt. Wenigstens dieses Weltbild wurde nicht erschüttert.

Maike dankte Harry für das Kölsch und ging zu den beiden Männern, die ihr bereits neugierig entgegensahen.

»Moin«, sagte Gunnar.

»Tach«, kam es von Bruno.

Bruno trug wie immer Krawatte und Hemd, dazu eine Stoffhose. Den Schick aus seiner Zeit als aktiver Kriminalhauptkommissar hatte er beibehalten. Vor ihm stand ein Becher mit Kaffee. Er war das Tach der Tachmoiner.

Gunnar war mit seinem Pulli und den Turnschuhen eher sportlich unterwegs. Der Schnauzbart war mittlerweile fast wieder retro.

»Harald hat recht«, sagte Gunnar. »Irgendetwas ist heute anders an dir.«

Maike seufzte. »Pflichttherapiesitzung.«

Brunos rechte Braue wanderte in die Höhe. »Muss doch jeder mal durch. In meinen letzten Dienstjahren gab es das auch, um die Ereignisse im Job aufzuarbeiten.«

Gunnar nippte an seinem Kaffee. »Als ich einen Verdächtigen verfolgt habe – da war ich noch recht jung –, da gab es mal einen Querschläger. Die Kugel war für mich bestimmt, hat aber einen Zeugen getroffen, der an der Seite stand. Junger Familienvater. Hat mich Jahre später noch in meinen Albträumen verfolgt.«

»Ich erinnere mich«, sagte Bruno und nahm sanft die Hand seines Partners.

Die beiden zeigten ihre Gefühle nicht oft in der Öffentlichkeit. Das war wohl ein Überbleibsel aus einer Zeit, in der die Anfeindung schlimmer gewesen waren als heutzutage. Und gerade bei der Polizei ... Maike hatte Geschichten von Jens gehört, die ihren Puls in die Höhe schnellen ließen.

»Ist dein Therapeut denn gut?«, fragte Gunnar.

»Therapeutin. Frau Dr. Teppenmeier.«

»Ach.« Er setzte sich kerzengerade auf. »Die war das
bei mir auch. Hat sich wohl auf Polizeifälle speziali-
siert. Habe nie herausgefunden, warum. Wenn es um
sie selbst geht, ist sie wie eine Auster. Aber die zerbrö-
selt jeden Panzer.«

Dem konnte Maike nur zustimmen. Die heutige
Stunde hatte eine Menge aufgewühlt. Sie konnte die
Entscheidungen nicht länger aufschieben. Dafür
musste sie Gespräche führen. Und in exakt einer
Stunde stand bereits eines an.

Erst durch die einsetzende Stille bemerkte Maike,
dass beide Tachmoiner sie musterten.

»Was?«, fragte Maike.

»Ach, Maikelein«, sagte Gunnar.

»Weißt du, das ganze Dorf ist ziemlich stolz auf dich«,
sprach Bruno weiter. »Passiert nicht oft, dass wir lan-
desweit in der Zeitung sind. Und das jetzt schon mehr-
fach.«

Gunnar begann mit der Aufzählung: »Die Leiche in
der Wand war jetzt eher suboptimal, das gab Punkteab-
zug. Aber die Aufklärung der Blausäure-Lady, das hat
Eindruck gemacht. Und Dela DeLorain ebenfalls. Die
Spitzenköchin und der Immobilienmakler. Nicht zu
vergessen den Pornostar. Die Sache mit Billie war ja sogar im Fernsehen.«

»Ist mir egal«, entgegnete Maike. »Es geht um die Aufklärung, nicht um die Publicity.«

»Deswegen bist du so eine gute Polizistin«, sagte
Gunnar und wechselte einen schnellen Blick mit
Bruno. »Und deshalb wird dich auch jede Dienststelle
mit Handkuss nehmen. Dir steht ganz Deutschland offen.«

Bei diesen Worten zuckte Maike zusammen. »Wie kommt ihr denn jetzt darauf?«

»Wir fragen uns schon eine ganze Weile, wie du weitermachst«, erwiderte Bruno. »Du bist eine junge Frau …«

Bei diesen Worten hätte sie ihn am liebsten umarmt.

»… du brennst für den Job, also haben wir uns schon gedacht, dass du dir irgendwann gewisse Fragen stellen wirst«, sprach Bruno weiter. »Der Job ist das eine, aber du hast ja auch ein Privatleben. Hängt alles zusammen, wir wissen das.«

»Tja. Keine Ahnung. Ich muss über vieles nachdenken«, sagte Maike. »Aber eher aus mir selbst heraus, wisst ihr. Nicht, was andere von mir erwarten. Habe ich bei Frau Dr. Teppenmeier gelernt.«

Ihr war selbst nicht klar gewesen, dass sie einen Großteil ihres Lebens eben nicht nach den eigenen Wünschen ausgerichtet hatte. Billie hatte einfach immer im Vordergrund gestanden. Die Suche nach ihrem Mörder war sowohl ihre berufliche Pflicht als auch die private gewesen. Und jetzt?

Irgendwie teilte sich nun der eine Weg in zwei.

Wo wollte sie beruflich hin, wo privat?

»Wir hoffen ja, dass du hierbleibst«, sagte Bruno.

»Das ganze Dorf«, ergänzte Gunnar.

Maike war gerührt. »Ach.«

»Wäre natürlich sehr gut für deinen Ruf, wenn du auch den aktuellen Fall vor dieser Messer-Schrunz aufklärst«, sagte Bruno.

»Wir haben einen ziemlichen Batzen auf dich gewettet«, erklärte Gunnar.

Maikes Rührung schwand augenblicklich. »Nicht euer Ernst!«

»Aber klar.« Bruno nickte eifrig. »Geht ja gar nicht, dass diese Oberteerbacher uns auch noch dabei den Rang ablaufen.«

»Die Graefe mag ja manchmal nerven, aber sie bringt die Dinge in Fahrt«, sagte Gunnar. »Deshalb gewinnt die jede Wahl, weißt du. Dieser Willy hat einfach nur mehr Geld in der Kasse.«

Maike war sogar die Lust auf ihr Kölsch vergangen. »Dieses dämliche Wettbüro ist doch völlig außer Kontrolle.«

»Deine Mutter hat auch gesetzt«, sagte Bruno.

Maike stöhnte auf. »Ihr könnt mein Kölsch haben.«

Damit machte sie sich auf den Weg zu ihrer Wohnung.

Sie war nach dem Gespräch mit Frau Doktor Teppenmeier noch durch die Straßen von Köln gewandert. Möglicherweise hatte Jens recht gehabt, sie zu der Therapeutin zu schicken. Da war noch etwas in ihr, ein Schatten, der über all die Jahre zurückgeblieben war. Der Nachmittag war mittlerweile in den Abend übergegangen, es dämmerte bereits. In einer Viertelstunde war sie mit Martin verabredet.

Der Schlüssel klimperte, als sie ihn aus der Tasche zog und aufschloss. Kurz dachte sie darüber nach, bei Philipp zu klopfen. Andererseits war es vielleicht gar nicht so schlecht, die Gedanken allein schweifen zu lassen.

Die Stufen knarzten unter ihren Füßen. Der Geruch von Staub und ungewischtem Hausflur lag in der Luft. Irgendwann würde sie ihrem Vermieter, Dieter Landgraf, wirklich noch das Bauamt auf den Hals hetzen.

Oder den Verbraucherschutz. Irgendwer konnte da sicher was machen.

Erst als sie oben vor der Tür stand, bemerkte Maike, dass dort bereits jemand wartete.

»Martin«, sagte sie verdutzt.

Er stand vor ihr, das dunkle Haar zerzaust. Wegen der Hitze trug er lediglich ein Shirt, Jeans und Turnschuhe. Der Dreitagebart verlieh ihm einen männlich-herben Charme.

»Was machst du hier?«, fragte sie.

Ohne ein Wort trat Martin auf sie zu, seine Hand berührte ihre Wange. Langsam beugte er sich vor, seine Lippen legten sich auf ihre. Zuerst sanft, fragend.

Maike erwiderte den Kuss.

Und alle Dämme brachen.

# Kapitel 11

Der Wecker ging viel zu früh.

Maike rollte sich zur Seite und schlug mit der Faust auf den Schalter. Mit ein wenig Verzögerung kehrte die Erinnerung zurück. Überraschend weiche Lippen, die über ihren Hals glitten. Der Geruch nach frisch geduschtem Mann. Ein Shirt, das in die Ecke geworfen wurde, der kratzige Dreitagebart auf ihrer Wange.

Martin, der sich auf ihr bewegte, sie küsste und …

Er rollte sich herum, atmete langsam ein und wieder aus. Der Wecker hatte ihn nicht geweckt. Abgesehen von seinen Shorts trug Martin nichts.

»So viel zu Entscheidungen«, flüsterte Maike.

Ihr Smartphone vibrierte. Sie bückte sich neben das Bett und fischte es aus der Hosentasche. Es war Zoe. Schnell nahm sie das Gespräch an.

»Guten Morgen«, erklang es laut.

»Wieso ist das ein Videotelefonat?«, fragte Maike erschrocken.

»Ich habe dich schon in schlimmeren Zuständen gesehen«, sagte ihre beste Freundin.

Sie war natürlich perfekt gestylt, trug ihren typischen Hosenanzug, dazu eine Bluse. Im Hintergrund war das Büro zu erkennen. Zoe war Frühaufsteherin und dazu noch eine Streberin.

Ein Gähnen erklang neben Maike. »Guten Morgen«, sagte Martin und blickte ihr über die Schulter. »Oh, hi Zoe.«

Das war einer der wenigen Augenblicke, in denen Maikes beste Freundin sprachlos war. Sie starrte in die Kamera des Handys, den Kaffee in der Hand und schwieg. Möglicherweise war auch die Verbindung eingefroren.

»Hallo?«, fragte Maike.

»Ja, genau. Hallo. Martin. Schön, dass du Maike ... besuchst.« Zoe fand ihre innere Balance überraschend schnell wieder. »Habt ihr gemeinsam digitalisiert?«

Maike lachte laut auf, Martin verstand natürlich kein Wort. Aber dass Zoe einen Witz darüber machen konnte, war ein gutes Zeichen.

»Wieso störst du meinen Schönheitsschlaf so früh?«, fragte Maike.

»Dein Wecker hat vor fünf Minuten geklingelt«, erwiderte Zoe. »Ich störe also gar nichts.«

»Du kennst mich und meine Morgenroutine einfach zu gut«, gab Maike zu.

»Ich wollte dir nur Bescheid geben, dass Thomas mittlerweile die 3D-Simulation ansehen konnte«, erklärte Zoe. »Das Ding ist noch nicht fertig, aber mit achtzigprozentiger Wahrscheinlichkeit kam der Schuss aus der zweiten Reihe.«

Maike war sofort hellwach. »Das grenzt die Verdächtigen ja wunderbar ein. Gabi hat gestern an der Übersicht gearbeitet, ich frage sie gleich, ob die Personen der zweiten Reihe schon vollständig erfasst sind.«

Sie ging allerdings davon aus, dass die Mörderin – und Maike war sich sicher, dass es eine weibliche

Person war – kaum einfach sitzen geblieben war. Und hatte sie überhaupt den richtigen Namen angegeben? Falls ja, war die Eingrenzung leicht. Falls nein, würde es schwieriger werden. Gab es eine Person, die auf der Liste der teilnehmenden Personen stand, jedoch nicht aufzufinden war, war das aller Wahrscheinlichkeit nach die Mörderin. Dann galt es nur noch, diese zu finden.

»Ich melde mich später wieder.« Zoe zwinkerte. »Ihr wollt bestimmt zusammen frühstücken.«

Die Verbindung wurde beendet.

»Frühstück klingt toll«, sagte Martin. »Ich habe es dieses Mal nicht dazu gebucht.«

»Zimmer im Raibach?«, fragte Maike.

»Jap. Man hat ja hier keine Wahl.« Er legte den Arm um sie und hauchte einen Kuss in ihren Nacken.

Das fühlte sich überraschend gut an.

»Und wo stehen wir jetzt?«, entfuhr es Maike.

Martin sah sie entgeistert an. »Seit wann stellst du denn solche Fragen? Seit Wochen will ich mit dir darüber reden, aber du weichst immer aus.«

»Frühstücken wir doch erst mal«, sagte sie. »Meine Kaffeepadmaschine bekommt zwei Tassen hin.«

»Ich dachte da jetzt eher an ein richtiges Frühstück, aber okay.«

Sie tappten gemeinsam in die Küche. Auf dem Weg ging es durch das Wohnzimmer, wo Crockett und Tubbs auf der Couch lagen. Der vorwurfsvolle Blick beider Katzen ruhte auf Maike. Sie richteten sie im Stillen dafür, dass sie sich gestern nicht um sie gekümmert hatte.

Martin zog seine Shorts aus und stieg in die Dusche.

Maike aktivierte die Kaffeemaschine. Ihr Blick war auf die Silhouette seines Hinterns gerichtet, der schmale Rücken ging in ein breites Kreuz über. So eine Dusche in der Küche besaß Vorteile.

»Willst du dazukommen?«, fragte er.

»Würde ich ja gerne, aber die Wache ruft ganz laut, vor allem mit neuen Erkenntnissen«, erklärte sie.

»Heute Abendessen in Köln?«, fragte Martin. »Ich suche uns ein Restaurant aus und wir reden.«

»Klingt nach einem Plan.« Sie linste in die Kaffeetasse, wo ein Rinnsal für eine Kaffeelache gesorgt hatte. Sie drückte erneut.

Die Maschine hatte ein paar Macken, aber wenn man zehnmal den Knopf betätigte, kam eine halbe Tasse dabei heraus.

Martin stieg aus der Dusche und gab den Weg frei. Dass er gern noch einmal mit ihr ins Bett verschwunden wäre, war deutlich zu sehen.

Doch Maike blieb eisern. »Du musst noch achtmal auf den Knopf drücken.«

»Bitte?«

Die Kaffeemaschine surrte erneut.

Sie stieg in die Dusche. »Ist hier halt nicht so ein Luxushotel wie beim Raibach.«

»Luxuspension, bitte, Frau Pech.« Martin rubbelte sich mit dem bereitliegenden Handtuch trocken. »Aber ich glaube, ich hole mir was bei Harry.«

»Ich sehe die nächsten Wetten«, sagte Maike schicksalsergeben. »Wie lange, bis Maike und Martin es offiziell machen? Vielleicht auch gleich die Heirat? Oder die Anzahl der Kinder?«

»Wovon genau sprichst du?«, fragte er.

Maike setzte ihn über Horsts Wettbüro, die miese kleine Messer-Schrunz und die Hinhaltetaktik von Pia Mitzich in Kenntnis.

»Das war ja gemein«, sagte Martin.

»Ich habe es ihr heimgezahlt.« Maike grinste innerlich. »Sarah hat meiner ›Kollegin‹ gestern noch ein paar Hindernisse in den Weg gelegt. Ich muss mal nachfragen, wie es lief.«

Sie stieg aus der Dusche, trocknete sich ab und schlüpfte in frische Kleidung. »Du lässt dich selbst raus?«

»Aber natürlich, Frau Pech.« Martin zog sie an sich und küsste sie leidenschaftlich.

»Wir sehen uns später, Herr Seidel.« Sie räusperte sich und verließ irgendwie zufrieden die Wohnung.

Auf dem Weg zur Wache summte sie einen Song, den Horst öfter mal zum Besten gegeben hatte. Irgendwas mit Schokolade und Männern.

In der Wache erwartete sie bereits Sabine Graefe. »Frau Pech, das war ganz grandios. Wirklich.«

»Das freut mich«, sagte Maike zufrieden. »Was denn genau?«

Gabi saß hinter ihrem Rechner und tippte, Lukas wirkte weniger glücklich.

»Willy hat sich beschwert.« Die Graefe schien vor Freude zu schweben. »Weil Sie Ihre Nichte dazu gebracht haben, als Zeugin zu lügen.«

»Lügen?« Maikes Herzschlag setzte einmal aus.

»Aber ja.« Die Bürgermeisterin knuffte sie tatsächlich in die Seite. »Alles für Niederteerbach. Auf Ihre Familie kann man sich verlassen. Machen Sie weiter so.«

Damit stolzierte sie zufrieden hinaus.

»Oh, Shit«, entfuhr es Maike. »Was hat Sarah ...«

Ihr Handy klingelte.

»Dein Chef hat versucht, dich zu erreichen«, rief Lukas schnell. »Ich habe ihm gesagt, er soll es auf deinem Smartphone probieren.«

»Und dieser Tag hat so gut angefangen.« Maike nahm den Anruf entgegen. »Ah, Jens. Schön dich ...«

»Nein«, unterbrach er sie. »Komm mir nicht mit ›Ah, Jens‹. Bist du von allen guten Geistern verlassen?!«

»Äh.«

»Unterbrich mich nicht«, bat er beherrscht durch die Leitung. »Dein Früchtchen von Nichte hat Kriminalhauptkommissarin Messer-Schrunz irgendein Hirngespinst von einer Flüchtenden erzählt, die sie auf einem Instagram-Video wiedererkannt hat. Eine Frau aus Mainz. Die Kollegin ist dorthin gefahren und hat vor Ort ein Hilfegesuch abgegeben. Die gesuchte Person wurde gefunden und auf der Wache befragt.«

Maike schluckte. »Oh.«

»Es wird noch besser.« Jens Stimme stieg in nie geahnte Höhen. »Die Dame war nämlich stinksauer. Das hat zur Folge, dass die Mainzer Kollegen jetzt stinksauer auf Messer-Schrunz sind. Die hat es Bürgermeister Herzog erzählt. Der hat seiner Wut durch die Telefonleitung ins Niederteerbacher Rathaus Luft gemacht. Und Bürgermeisterin Graefe hat doch tatsächlich mich angerufen.«

Maike schloss die Augen. Vermutlich würde die Graefe die Sektkorken knallen lassen und dazu ein ›Freude schöner Götterfunken‹ anstimmen. Das hob den Krieg zwischen Ober- und Niederteerbach auf eine ganz neue Ebene.

»Du kannst froh sein, dass Sarah noch minderjährig ist«, sagte Jens. »Ich habe sie in Schutz genommen, aber natürlich weiß Frau Messer-Schrunz, wer hinter allem steckt. Ich übrigens auch!«

»Nun ja. Weißt du, sie hat angefangen.«

Eine gefährliche Stille setzte ein.

»Sie. Hat. Angefangen?«, kam es dann ganz leise zurück. Klangen so Bomben vor der Explosion? »Soll ich das so ins Protokoll schreiben?«

»Ach, jetzt komm«, haspelte Maike. »Die ›Kollegin‹ hat eine Nachbarin dazu angestiftet, Lukas und mich hinzuhalten. Mit Kuchen. Und Marzipan. Und Kaffee.«

»Das klingt natürlich richtig schrecklich«, sagte Jens.

»Hm, wenn du es so sagst.« Maike blickte hilfesuchend zu Lukas, der jedoch so tat, als wüsste er von nichts. »Es war trotzdem eine perfide Falle.«

»Maike.« Jetzt klang Jens müde. »So geht das nicht. Ja, hinhalten ist nicht in Ordnung. Und hättest du mir etwas gesagt, hätte ich eingegriffen.«

»Es tut mir leid, okay? Aber das hätte sich falsch angefühlt. Einfach so eine Kollegin, anzuschwärzen. Du weißt, wie das ist. Kollegiale Konkurrenz«, entfuhr es Maike.

»Die Akademiezeiten sind vorbei«, stellte Jens klar. »Arbeitet gefälligst zusammen. Ich glätte die Wogen ein letztes Mal. Und deine Kollegin bekommt jetzt auch einen Anruf. Falls ich graue Haare bekomme, schicke ich dir die Friseurrechnung.«

»Nimm sie hart ran«, sagte Maike. »Das hat sie verdient. Ich muss los, der Fall ruft.«

Schnell legte sie auf.

»Er war dezent ungehalten«, erklärte Maike in die Runde.

»Wir konnten es hören.« Gabi hatte in ihrem Tippen innegehalten.

Maike wandte sich ihr zu. »Haben wir mittlerweile einen Sitzplan? Thomas konnte wohl den Schuss aus der zweiten Reihe verorten. Wenn wir herausfinden, wer von dort abgehauen ist, kommen wir der Sache näher.«

Gabi runzelte verwirrt die Stirn. »Also ich habe tatsächlich die zweite Reihe mittlerweile durch. Da konnte ich jeden erreichen.«

Womit die Befürchtung, dass die Mörderin einen falschen Namen in die Liste eingetragen hatte, direkt verschwand. Ob das gut oder schlecht war, würde sich zeigen.

»Und wer aus der zweiten Reihe ist abgehauen?«, fragte Maike.

»Niemand«, antwortete Gabi. »Das ist ja das Seltsame. Lukas konnte von allen die Daten erfragen und ich habe jeden erreicht. Da saßen im Halbkreis insgesamt sechs Frauen und zwei Männer. Wobei ihr ja die Frau Adrigal und den Herrn Silberstahl selbst befragt habt, von den anderen haben wir die Daten, aber die haben nichts gesehen. Mittlerweile habe ich auch ein wenig recherchiert und der Herr Silberstahl war tatsächlich eine Zeitlang in einer Bank in London beschäftigt.«

»Das ist interessant«, sagte Maike. »Und für mich ein zu großer Zufall. Das lässt zumindest die Vermutung zu, dass unser Herr Silberstahl möglicherweise doch involvierter war, als wir bisher dachten. Wenn er irgendetwas mit den Konten zu tun hatte, die wir in den Excel-Listen der Klinkhammers gefunden haben, dann wäre das zumindest keine Überraschung für mich. Das gäbe auf jeden Fall ein Motiv. Bitte recherchiere da weiter, Gabi. Aber was die Frauen im Raum angeht, ergibt das keinen Sinn. Wenn die potenzielle Mörderin einfach im Raum geblieben und befragt worden ist, wo ist dann die Tatwaffe? Die hätte doch sichtbar sein müssen?« Sie wandte den Blick zu Lukas.

»Sport- und Handtaschen habe ich alle durchsucht«, sagte er. »Es gab dafür eine Ablagefläche in der Ecke, wo jeder seine Sachen hingestellt hat. Da hatte niemand eine Pistole bei sich, das hätte ich bemerkt.«

In einer simplen Sporthose oder gar Leggins konnte man eine Pistole auch nicht verstecken. Schon gar nicht, wenn ein Polizist mit geschultem Auge das überprüfte.

»Falls wir davon ausgehen, dass die Mörderin tatsächlich eine der Personen aus der zweiten Reihe war, dann hat sie kaltblütig die Befragung durchgestanden, ihre Daten angegeben und ist erst nachträglich gegangen? Und falls der Herr Silberstahl da seine Finger im Spiel hat, ist er sogar noch dreister. Schnaubt uns an und sagt, er hat keine Zeit mehr.«

»Tja, eingrenzen lässt sich da allerdings nichts«, sagte Gabi. »Die Zeugen hatten alle Schmauchspuren an den Fingern.«

Maike wollte vor Frust aufstöhnen. »Wie zur Hölle geht das denn? Die sind doch gerade nicht abgehauen.« Ihr kam ein Gedanke. »Aber Sie haben den Raum betreten.«

»Vor dem Mord«, sagte Lukas.

Maike schnippte mit den Fingern. »Exakt. Was ist, wenn die Mörderin das alles vorbereitet hat?

Schmauchspuren entstehen durch die Rückstände des Mündungsfeuers bei einer Pistole. Wenn der Täter dann flieht, hinterlässt er Fingerabdrücke und Restspuren an einem Griff, beispielsweise. Die Rückstände bleiben tagelang auf der Hand und können selbst mit Wasser und Seife kaum abgewaschen werden. Mikroskopisch betrachtet ist es also relativ leicht, das nachzuweisen.«

Gabi zog eine Akte hervor und blätterte darin. »Laut Pöllers Bericht hatten alle, die hinausgerannt sind, entsprechende Spuren an ihren Händen. Zu dem Zeitpunkt dachte aber niemand, dass auch die Personen im Inneren Rückstände an der Handfläche hatten. Allerdings sagt die Kriminaltechnik sowieso, dass diese nicht ausreichend verteilt und intensiv sind. Das Muster würde anders aussehen, wenn eine der Personen die Waffe abgefeuert hätte. Außerdem wären die Partikel in die Haut eingedrungen. Sie kamen also alle mit dem Schmauch in Kontakt, aber keiner hat die Waffe abgefeuert.«

Lukas sog scharf die Luft ein. »Die Feuerleiter. Falls Patrick Klinkhammer dieses berauschende Zeug bei jeder Sitzung angewendet hat, war die Balkontür sicherlich meistens gekippt, vielleicht sogar über Nacht offen.«

»Ich weiß noch nicht exakt, wie sie es gemacht hat, ohne ihre eigenen Spuren zu hinterlassen«, sagte Maike gedankenverloren. »Irgendwie hat sie die gleiche Art von dickem Schmauch erzeugt, die bei einem Schuss anfällt. Die Rückstände hat sie auf den inneren und äußeren Plastikgriff aufgetragen, damit jeder, der hindurchläuft, falsche Abdrücke hinterlässt. Alle, die an den Griff gefasst haben, waren quasi markiert. Gleichzeitig hat das dafür gesorgt, dass wir automatisch von einer Flucht ausgegangen sind. Dann ist sie über die Feuerleiter wieder abgehauen, hat dort weitere Schmauchspuren hinterlassen. Deshalb haben wir uns auf den Balkon als möglichen Fluchtweg konzentriert.«

»Und am nächsten Tag betritt sie den Raum, hat dadurch auch Spuren an den Fingern und erschießt Patrick Klinkhammer«, sagte Gabi. »Bis dahin könnte das gehen. Aber das lässt einige Fragen offen. Wo ist die Tatwaffe? Wie wurde der Schmauch erzeugt? Und wieso hat die Täterin selbst keine intensiveren Rückstände an der Hand?«

»Schmauch an sich zu erzeugen ist nicht schwer, es ist einfach ein Begriff für die entsprechende Ablagerung«, sagte Maike. »Letztlich könnte man einfach Schüsse in die Luft abgeben und würde – bei der entsprechenden Munition – den Schmauch flächig verteilen. In einem Labor könnte man sogar synthetische Schmauchpräparate herstellen. Bei genauerer Prüfung hat Pöller ja erkannt, dass es kein echtes Muster wie nach einem Schuss gibt. Da hat sich nichts in die tieferen Hautschichten eingegraben. Die Mörderin hat sich vielleicht irgendwie geschützt. Nicht zu vergessen der Balkon als mögliche Fluchtroute. Aber ich habe da eine Idee. Lukas, wir beide gehen noch einmal zurück ins Meditationsstudio.«

Maike durchdachte die Abläufe erneut und fluchte innerlich, dass die Kriminaltechnik so stark ausgelastet war. Sie bekamen die Informationen einfach zu zeitverzögert.

Trotzdem kamen sie der Sache näher.
Sie verließen die Wache und begaben sich zum Studio.

# Kapitel 12

Sie eilten auf das Meditationsstudio zu. Maike fragte sich, wo die Waffe geblieben sein konnte. Irgendwo auf dem Balkon? In einem Klarsichtbeutel auf das Dach geworfen?

Es gab zahlreiche Möglichkeiten und die Kollegen konnten natürlich nicht alle lückenlos prüfen.

Ihr Handy klingelte.

»Zoe«, sagte Maike, nachdem sie angenommen hatte. »Schön, dich zu hören. Es tut mir leid, es war quasi nur ein Scherz, der ein wenig aus dem Ruder gelaufen ist.«

»Weißt du, was diese Person getan hat?« Zoes Stimme glich dem Funken an einer Zündschnur.

»Sprechen wir von Sarah?«, fragte Maike.

Es kam nicht oft vor, dass es Maikes Nichte gelang, ihre Mutter dermaßen zur Weißglut zu treiben. Aber eine Falschaussage gehörte sicher in diese Rubrik.

»Ich spreche von deiner Messer-Schrunz«, erklärte Zoe.

»Also es ist nicht meine Messer-Schrunz«, stellte Maike klar. »Und ich dachte, du findest diese ganze Zusammenarbeitssache okay.«

»Das war vor der Korrektur«, sagte Zoe.

»Weißt du, dieses Frage- und Antwortspiel habe ich in Befragungen perfektioniert, erklär es mir doch lieber mit einfachen Sätzen.«

»Ach, willst du mich auch noch korrigieren?« Zoe schnaubte. »Ich habe dieser Person im Zuge der kollegialen Zusammenarbeit eine Kopie der Obduktionsberichte geschickt. Sie hat den Bericht durchgelesen und ihn mir dann zurückgeschickt. Mit Verbesserungsvorschlägen für Syntax und Semantik.«

Maike schürzte die Lippen. »Ist doch nett von ihr.«

»Jens war im CC«, sagte Zoe.

»Autsch«, sagte Maike. »Das war wohl die Revanche wegen Sarah.«

»Wieso?«, fragte Zoe verwirrt. »Was hat Sarah ihr denn getan? Moment, was für einen Scherz meintest du?«

Maike schloss die Augen. »Hast du heute schon mit Jens gesprochen?«

»Nicht wirklich, warum?« Zoes Stimme bekam einen ruhigen, aber umso gefährlicheren Ton.

»Weißt du, das war alles ein großes Missverständnis, ich wollte nur Zeit gewinnen.«

»Maike ...! Oh, Jens ruft gerade an.«

»Ich muss sowieso Schluss machen, bis später.« Maike legte auf.

Lukas schwieg wohlweislich, konnte sich auf Basis der Gesprächsfetzen aber zweifellos zusammenreimen, was bei Zoe gerade geschah. »Die Kollegin hätte Sarah gar nicht alleine befragen dürfen, schließlich ist sie ja minderjährig.«

Maike öffnete kommentarlos die Tür des Gebäudes und gemeinsam erreichten sie nach dem Treppenaufstieg das Studio. Sie hatte wirklich keine Lust mehr, sich über Messer-Schrunz Gedanken zu machen.

Die Tür war mit Absperrband versiegelt. Lukas zog den Schlüssel hervor und öffnete.

Sie traten ein und Maike fühlte sich sofort in die Meditationsstunde zurückversetzt. Irgendwie sorgte das für ein Gefühl der Entspannung.

»Okay«, sagte Maike. »Ich bin ja leider erst mit etwas Verzögerung wieder zu mir gekommen, wegen dem verdammten Rauch. Aber die Mörderin muss irgendwo hier gesessen haben.« Maike stellte sich in den Bereich der zweiten Reihe.

»Viele Möglichkeiten für eine schnelle Entsorgung der Waffe gibt es nicht«, sagte Lukas. Er begann damit, durch gezielte Tritte nach Hohlräumen unter dem Boden zu suchen.

»Die Spurensicherung hat ja alles geprüft. Ich verstehe das nicht.« Maike ging die Wände noch einmal ab, schlug hier und da ebenfalls dagegen. Doch da war nichts.

Das von Patrick Klinkhammer angefertigte Konstrukt aus Schalen rückte in ihr Blickfeld. Sie trat darauf zu. Möglicherweise hatte er einen verborgenen Mechanismus eingebaut. Aber woher hätte die Mörderin davon wissen sollen?

»Ziemlich genial«, sagte Lukas. »Drei Ebenen für verschiedene Kräuter, darunter dieses Gitter. Darauf lagen winzige Holz Pallets, wie es aussieht.«

Maike zuckte mit den Schultern. »Ich habe da nicht so richtig drauf geachtet, wenn ich ehrlich bin.«

»Sieh mal«, sagte Lukas. »Das Gitter, unter dem die Asche abrieselt, sitzt auf dieser Seite etwas lockerer.«

Maike schob die darauf liegenden Holzscheite beiseite und Lukas hob das Gitter an.

Darunter kam ein Berg aus Asche zum Vorschein, vermutlich die Rückstände zahlreicher Meditationsstunden. Lukas wühlte darin herum. Zufrieden nickend zog er eine Pistole hervor.

»Sieht so aus, als hätten wir die Tatwaffe gefunden«, sagte er. »Was ist los? Warum schaust du so komisch?«

»Weil ich es nicht fassen kann, wie mich diese verdammte Täterin an der Nase herumgeführt hat. Die angebliche Flucht, die falschen Schmauchspuren und dabei war die Tatwaffe die ganze Zeit hier und sie war eine der Teilnehmerinnen. Verdammt noch mal.«

Normalerweise hätte die Spurensicherung noch weitaus mehr abgesucht, doch der Tathergang hatte recht simpel angemutet. Der Schuss, die Flucht. Es hatte keinen Anlass gegeben, den Raum weiter zu untersuchen.

»Was ist denn das?« Lukas hatte die Pistole bereits in einer Tüte verpackt und deutete jetzt auf ein helles Stück Kunststoff.

Maike nahm eine eigene Beweismitteltüte hervor und schaufelte Asche und Kunststoffteilchen hinein. »Das dürfen sich die Jungs und Mädels von Pöller anschauen. Aber ich vermute ganz stark, dass wir keine Fingerabdrücke an der Waffe finden.«

»Ein Handschuh?«, vermutete Lukas.

Maike nickte. »Sie hat Schmauch auf die eigenen Hände gegeben, dann den Handschuh übergestreift. Hier die Waffe abgefeuert und zusammen mit dem Handschuh im folgenden Chaos einfach unter das Gitter geschoben. Die Hälfte der Leute war benebelt von dem Zeug, das ist niemandem aufgefallen. Die Hitze hat den Handschuh zersetzt.«

»Also das nenne ich ausgezeichnete Vorbereitung«, sagte Lukas.

»Vergessen wir nicht, dass es zwei Mörderinnen waren. Die müssen das perfekt orchestriert haben. Datum in die Kugeln geritzt, den genauen Ablauf festgelegt. Leicht machen die es uns nicht.«

Maike legte das Gitter wieder in Position und schob die Holzscheite obenauf. »Ab zur Wache. Ich telefoniere mit Pöller und dann sehen wir weiter.«

Immerhin hatten sie endlich eine weitere Spur.

Auf der Wache hatte Gabi bereits das Telefon in der Hand. »Da seid ihr ja wieder ... oh, ist das ...«

»Tatwaffe.« Maike schwenkte sie zufrieden. »Und rufst du mir bitte den Herrn Silberstahl an, den nehme ich mir jetzt noch mal zur Brust.«

»Der Herr Silberstahl ist gerade angekommen«, sagte Gabi hastig.

»Wie jetzt? Hattest du den schon prophylaktisch einbestellt?«, fragte Maike.

Gabi hatte vor Aufregung rote Flecken auf der Wange. »Stellt euch vor, der hat die Wachen verwechselt. Er wollte Frau Messer-Schrunz sprechen, weil die ihn bereits einbestellt hatte.«

Maike runzelte die Stirn. »Und da hat er Oberteerbach mit unserem Niederteerbach durcheinandergebracht? Hm. Da hat die Kollegin wohl die gleichen Schlüsse gezogen wie ich? Aber das können wir ja ausnutzen, wenn er schon mal da ist.«

»Ich habe ihn gebeten, im Verhörraum zu warten. Ganz freiwillig.«

Maike rieb sich die Hände. »Dann bin ich jetzt einfach mal dankbar für diese Verwechslung und ergreife meine Chance.« Sie wandte sich ab, stoppte aber noch einmal, rang mit sich. »Ruf doch bitte die Kollegin an und sag ihr, dass ihr Zeuge hier ist. Schließlich wollen wir nicht, dass Jens ... ich meine, dass sie sich aufregt.«

»Ich habe die Aussage der Dame in Köln, die so viel Geld verloren hat« – Gabi blickte kurz in ihre Unterlagen – »von Frau Rodriguez geprüft. Die können wir ausschließen. Die hatte an dem Tag das Sozialamt aufgesucht, ihren Arzt und dann den Supermarkt. Es gibt ein paar kleine Lücken, aber dass sie Zeit für die Tat hatte, ist unwahrscheinlich.«

»Danke, Gabi. Und sag Pöller, dass wir wahrscheinlich die Mordwaffe haben.«

Florian Silberstahl saß im Vernehmungsraum, trug einen maßgeschneiderten Anzug und wippte unruhig auf dem Stuhl hin und her. »Moment, Sie sind aber nicht Frau Messer-Schrunz.«

»Tut mir leid, Sie müssen mit mir vorliebnehmen«, sagte Maike. »Die Kollegin ist verhindert.«

»Ah«, sagte Silberstahl. »Schade.«

Maike beschloss, die Samthandschuhe beiseitezulassen. »Ist Ihnen klar, warum Sie hier sind?«

Maike hoffte, dass es so war. Sie hatte sich auf die Schnelle keine Vernehmungsstrategie überlegen können.

»Nicht wirklich«, gab er patzig zurück. »Aber anstatt meinen Chef zu kontaktieren und nach meiner vorherigen Dienststelle zu fragen, hätten Sie auch einfach mich fragen können.«

»Wie wir unsere Arbeit machen, Herr Silberstahl, müssen Sie schon uns überlassen. Schließlich geht es hier um einen Mord. Aber ich verstehe natürlich, dass das möglicherweise ein schlechtes Licht auf Sie geworfen hat.«

Er verschränkte die Arme. »Da arbeitet man jahrelang im Ausland, poliert den Lebenslauf und dann erfährt der Chef, dass man in einer Mordermittlung befragt wird.«

»Haben Sie denn den Kollegen all Ihre vorherigen Anstellungen genannt?«, fragte Maike provozierend.

Jetzt wirkte Silberstahl verwirrt. »So viele waren das ja nicht. London und Spanien halt. Für mehr hätte ich auch keine Zeit gehabt, danach ging es damit los, die Karriere in Deutschland aufzubauen. Zuerst Frankfurt, dann Köln.«

Maike nickte ruhig, obgleich ihr Puls sich beschleunigte. War es am Ende doch die naheliegendste Lösung?

Mit einem Knall flog die Tür an die Wand. Kriminalhauptkommissarin Sonja Messer-Schrunz trat zackig ein, schloss die Tür ebenso heftig und nahm Platz.

»Danke, Frau Kollegin«, sagte sie zu Maike. »Ich übernehme die Befragung dann ab hier.«

»Da wir den Hörer schon in der Hand hatten, um Herrn Silberstahl ebenfalls einzubestellen, machen wir das doch gemeinsam«, entgegnete Maike gelassen. »Herr Silberstahl und ich haben gerade Fortschritte gemacht. Die will man ja nicht aufs Spiel setzen.«

»Wenn schon mal Fortschritte gemacht werden«, stichelte Messer-Schrunz.

»Wir stehen kurz vor der Lösung«, gab Maike zurück.

Sie wandten sich beide Florian Silberstahl zu, dessen Blick einen gehetzten Ausdruck bekam. »Aber ich habe niemanden ermordet. Schon gar nicht Herrn Klinkhammer. Also auch sonst keinen. Aber den quasi ... gar nicht.«

»Wäre ja auch unschön, wo sie doch so gut zusammengearbeitet haben, nicht wahr?«, fragte Sonja Messer-Schrunz. »Sie haben in der gleichen Bankfiliale gearbeitet wie Pascal Klinkhammer, als dieser seine Ausbildung gemacht hat.«

»Na ja schon. Ein Jahr lang waren wir zusammen dort«, gab Silberstahl zu. »Man hat sich im Vorbeigehen gesehen.«

»Und dann gar keinen Kontakt mehr?«, warf Maike ein.

»Über die Jahre mal hier und da ein Hallo.« Silberstahl wand sich sichtlich. »Die Branche ist kleiner, als es von außen den Eindruck macht.«

»Und Ihre Arbeit in Spanien war bei welchem Institut genau?«, fragte Messer-Schrunz.

Silberstahl nannte den Namen einer Bank, der Maike vertraut war. Dort hatte es mehrere Konten gegeben, von denen Geld zu den Klinkhammers geflossen war. Sie kamen der Sache näher.

»Herr Silberstahl«, sagte Maike. »Wollen Sie uns nicht endlich reinen Wein einschenken, hier in der Wache in Niederteerbach?«

Sonja Messer-Schrunz zuckte zusammen. »Wo Sie nur sitzen, weil Sie offensichtlich falsch abgebogen sind.«

Maike überlegte bereits, wie sie Gabi signalisieren konnte, der Graefe einen Hinweis zu geben.

Silberstahl sank in sich zusammen. »Also schön. Ja, ich habe ein paar Auslandskonten eröffnet. Und als Nachfragen kamen, habe ich dafür gesorgt, dass nicht weiter nachgeforscht wurde. Das wars. Aber die Bank hätte sowieso keine Daten herausgegeben, das ist Policy.«

»Und als der Klinkhammer aus dem Geschäft aussteigen wollte, haben Sie ihn ermordet?«, kam es von links.

»Was? Nein! Und nur, damit Sie es wissen, Konten anzulegen ist keine Straftat!« Silberstahl gewann seine Fassung wieder.

»Falls diese für ein Verbrechen genutzt werden, durchaus«, sagte Maike.

»Davon wusste ich nichts«, behauptete Silberstahl.

Was letztlich auch das Problem war. Denn Sie konnten ihm bisher nicht nachweisen, dass er log. Maike war sich sicher, dass er in der Abzocke der Frauen mit drinsteckte. Er hatte die Konten angelegt und nach dem Geldeingang und der -weiterleitung wieder aufgelöst. Tatsächlich war das nicht illegal.

»Ihnen ist aber klar, dass wir die Kollegen von Interpol verständigen müssen«, sprach Sonja Messer-Schrunz weiter. »Das fällt in die Rubrik Organisiertes Verbrechen, international getätigt. Da werden alte Unterlagen wieder herausgekramt. Und die Steuerbehörden holen wir gleich noch dazu.«

Silberstahl schluckte, hielt die Arme aber weiter verschränkt. »Machen Sie doch, was Sie wollen. Wenn ich nicht verhaftet bin, werde ich jetzt gehen.«

Er sprang so abrupt auf, dass der Stuhl hinter ihm umkippte. Einen Augenblick erwiderte er noch den

Blick von Messer-Schrunz, wartete darauf, ob er aufgehalten wurde. Dann sprintete er aus dem Raum.

»Großartig«, sagte Maike. »Ganz toll. Der spricht doch ohne seinen Anwalt kein Wort mehr mit uns.«

»Das war meine Befragung.« Messer-Schrunz wandte sich ihr zu. »Sie hätten diesen Idioten hier auch einfach parken können, bis ich eintreffe.«

»Wozu Zeit verschwenden?«, erwiderte Maike gelassen. »Davon habe ich schon so viel verloren, als ich die Nachbarin von Pascal Klinkhammer befragt habe, diese Frau Mitzich. Eine nette Person.«

»Genauso nett wie Ihre Nichte.« Mordlust trat in die Augen der Kollegin. »Da wird schon mal drauflos gelogen und ein Einsatz ausgelöst.«

»Sie wusste nicht, was sie tat«, gab Maike gepresst zurück. »Deshalb befragt man Teenager auch nicht ohne ihre Eltern.«

»Ich wollte ja warten«, sagte Messer-Schrunz zuckersüß. »Aber nach einem Telefonat hat sie darauf bestanden, dass wir das direkt machen. Da hat ihr wohl jemand eine dumme Idee ins Ohr gesetzt.«

Damit erhob sich Sonja Messer-Schrunz und stapfte aus dem Raum. Die Tür fiel hinter ihr zu.

»Oh nein, Sie haben nicht das letzte Wort.« Maike folgte ihr aus dem Verhörraum.

Kurz schaute sie auf das vibrierende Smartphone. Zoe rief an. Dieses Gespräch musste erst einmal warten. Suchend sah Maike sich um. Im Büro von Gabi und Lukas saßen aber nur die beiden.

»Wo ist die Schrunz?«

»Gerade raus«, sagte Gabi.

Maike setzte zur Verfolgung an. »Silberstahl hat bei
der Heiratsschwindel-Sache wohl mitgespielt. Er hat
die Auslandskonten angelegt. Ihr wisst, was zu tun ist:
Findet raus, was ihr könnt.«

Damit ließ sie die Wache hinter sich.

Vor dem Rathaus sah sie sich suchend um. Das Auto
der Kollegin stand noch immer auf dem Parkplatz, ein
sportlicher kleiner Flitzer. Aber wo war sie?

Da!

Ein wippender Pferdeschwanz bewegte sich auf Harrys Fressoase zu. Mit grimmigem Blick folgte Maike
ihm.

# Kapitel 13

Erst an der Durchreiche holte Maike Sonja Messer-Schrunz ein, was vor allem daran lag, dass diese Frau selbst beim gewöhnlichen Spazieren ein Tempo an den Tag legte, das marathonverdächtig war.

»Haben Sie auch eine vegane Currywurst?«, fragte sie gerade.

»Also ich kann ihnen da hell oder dunkel anbieten«, gab Harry zurück. »Mit Curry und Ketchup. Oder Mayo.«

»Das ist nicht vegan«, erklärte Messer-Schrunz.

»Rot-weiß geht auch, aber das ist schon eher ordinär, passt gar nicht zur Currywurst«, sprach Harry ungerührt weiter.

»Da haben Sie natürlich recht«, sagte Messer-Schrunz trocken. »Mit Ketchup ist das viel kultivierter.« Sie seufzte. »Dann nehme ich Pommes und ein Wasser.«

Harry verschwand aus der Durchreiche und machte sich im Hintergrund ans Werk. Fett brutzelte in der Fritteuse, der Geruch von Currywurst stieg Maike in die Nase.

»Sie können doch nicht einfach so abhauen«, sagte Maike anklagend.

»Waren wir nicht fertig?«, gab Messer-Schrunz zurück.

Maike verschränkte die Arme. »Wohl kaum.«

»Was gibt es denn noch?« Ein enervierend emotionsloser Blick traf Maike.

Was jetzt ein Problem war, denn eigentlich waren sie ja fertig gewesen.

»Da geht es ums Prinzip«, stellte Maike klar. »Höflichkeit. Und ... die Vorschriften.«

»Vorschriften?«, echote Messer-Schrunz. »Seit wann halten Sie sich denn an die?«

»Ob Sie es glauben oder nicht, wir halten uns tatsächlich an die Vorschriften. Bisher. Sie haben einen schlechten Einfluss auf mich.« Wo war Lukas, wenn man ihn benötigte? Diese Unterstellung hätte ihn zu einer wahren Kamikaze- Entgegnung getriggert.

»Hier«, sagte Harry und schob etwas über den Tresen.

Messer-Schrunz wandte sich von Maike ab und runzelte die Stirn. »Das ist eine Currywurst mit einer Fassbrause.«

»Für unsere Kriminalhauptkommissarin«, erklärte Harry. »Ihres braucht noch.«

»Fühlt sich doof an, wenn man aufgehalten wird, was?« Maike nahm ihr Essen und nickte Harry dankbar zu.

»Sie meinen wie bei Ihrer Nichte?«, sagte Messer-Schrunz zuckersüß.

»So geht das doch nicht«, erklang Gunnars Stimme neben ihnen. »Setzt euch mal zu uns.«

»Aber ...«, begann Maike.

»Ich muss ...«, ergänzte Messer-Schrunz.

»Unter Kollegen«, stellte Gunnar klar und richtete seine Krawatte.

Mit einem Seufzen kamen sie beide der Aufforderung nach. Glücklicherweise hatte Maike ja eine Currywurst und mit vollem Mund sprach man nicht.

Die Tachmoiner stellten sich Messer-Schrunz vor.

»Wir fanden das Anfangs ja ganz lustig«, sagte Bruno.

»Aber ihr beiden sollt einen Doppelmord aufklären«, ergänzte Gunnar. »Das hat jetzt doch einen Drall in die falsche Richtung bekommen. Teilt ihr überhaupt eure Ermittlungsergebnisse?«

»Natürlich«, log Maike.

»Absolut«, log die Messer-Schrunz garantiert ebenso.

Bruno verdrehte seufzend die Augen. »Das ist wie damals, als diese Streitigkeit zwischen der Soko Köln und der Soko Bonn ausgebrochen ist.«

»Stimmt.« Gunnar schnippte mit dem Finger. »Am Ende ist der Täter beinahe entkommen, weil die Berichte von der einen zur anderen Seite ›verlorengingen‹. Der Chef hat schließlich beide Kriminalhauptkommissare versetzt. Den einen in ein Dorf an der tschechischen Grenze, den anderen an die Grenze zur Schweiz. Karriere beendet.«

»Und dabei hätte es für beide ein Karriereschub werden können«, sagte Bruno. »Ich kenne Sie ja nicht, Frau Kollegin Messer-Schrunz, aber Maike hier hat bisher stets die Aufklärung in den Fokus gestellt. Du wolltest doch immer Gerechtigkeit, Maike. Was ist passiert?«

Das fragte sie sich in diesem Augenblick auch. Jetzt hatte sie einen Kloß im Hals und die Currywurst trug keine Schuld daran. Sie schluckte. »Da war die Graefe. Und diese Wette. Und irgendwie ...« Sie wusste nicht weiter.

Messer-Schrunz hob hilflos die Schultern. »Japp. Kann ich irgendwie bestätigen. Bürgermeister Willy Herzog hat deutlich gemacht, dass er sich für meine Stelle weit aus dem Fenster gelehnt hat. Und diese Wette ist uns auch zu Ohren gekommen. Einige Oberteerbacher haben bei eurem Horst direkt Einsätze getätigt.«

Maike fragte sich unweigerlich, wie viel tausend Euro mittlerweile in dem verdammten Topf waren.

»Diese Sache zwischen den Dörfern ist schon ewig her«, sagte Bruno. »Keiner weiß mehr, wie das angefangen hat. Muss ich mal recherchieren.«

»Aber ihr könnt euch doch nicht von der Bine und dem Willy so zusetzen lassen«, nahm Gunnar den Faden auf. »Dafür steht hier zu viel auf dem Spiel.«

Jetzt fühlte Maike sich elend. Nach dem Blick von Messer-Schrunz zu urteilen, ging es dieser genauso.

»Also, müssen wir dieses Gespräch noch mal führen, oder sind wir fertig?«, fragte Gunnar.

Maike konnte ein Grinsen nicht unterdrücken. »Ich nenne dich jetzt aber nicht Papa.«

Die Messer-Schrunz schmunzelte ebenfalls. Und streckte die Hand aus. »Sonja.«

Sie schlug ein. »Maike.«

»Halleluja«, sagte Bruno.

»Dann löst ihr jetzt diesen verdammten Fall, damit hier wieder Ruhe einkehrt«, ergänzte Gunnar.

»Sind die immer so?«, fragte Sonja.

»Herrisch?« Maike nickte. »Zwei ganz Schlimme.«

Alle vier lachten und stießen gemeinsam an. Bruno und Gunnar mit ihren Kaffeetassen, Sonja mit dem Wasser und Maike mit Fassbrause.

Nach dem Essen kehrten sie zu zweit zurück auf die Wache. Maike zog Sonja einen Stuhl heran und beide nahmen im Büro von Gabi und Lukas Platz.

»Ich habe die Kollegin hinzugebeten, damit wir jetzt noch einmal alle Fakten auf den Tisch legen«, erklärte Maike. »Wir sind diesen Mörderinnen – also wir gehen von zwei Personen aus – noch immer nicht nah genug gekommen, die beiden haben das hervorragend geplant. Genau das tun wir ab sofort auch.«

Gabi setzte sich kerzengerade auf, nahm ein Blatt Papier aus dem Drucker und reichte es Maike. »Es ist mir tatsächlich gelungen, noch etwas herauszufinden. Die Kontoauszüge sind mittlerweile alle in unserem System digitalisiert und der Akte zugeordnet. Da gibt es einen Bezug. Ich konnte die Zahlung zuordnen, die von Fernanda Rodriguez nach Spanien getätigt wurde und von dort zurücklief auf ein Konto in Deutschland.«

Maike warf einen fragenden Blick zu Sonja.

»Ich bin mit dem Fall vertraut«, bestätigte die. »Habe sie kurz befragt, nachdem ich endlich ebenfalls die Akten hatte. Die wurden vor meinem Besuch aus dem Metallschrank genommen.«

Maike winkte ab. »Das war vor dem Gespräch. Wir unterteilen das jetzt alles sauber in davor und danach. Was hast du denn gefunden, Gabi?«

»Ein Muster«, sagte diese. »Exakt zwei Tage nachdem Frau Rodriguez das Geld überwiesen hatte, ging ein identischer Betrag auf dem Konto von Pascal Klinkhammer ein. Bei jedem Eintrag bin ich also zwei Tage zurückgegangen, so lange dauert es ungefähr, bis die Überweisung durch ist. Zumindest, seit wir IBANs nutzen. Das kann natürlich variieren, abhängig von

Feiertagen, Wochenende und so weiter. Aber aufgrund dieser Daten sind mir zwei weitere Geldeingänge aufgefallen und ich konnte sie zuordnen.«

Sonja lehnte sich zurück, verschränkte die Arme und lächelte. »Soll ich mal raten: der 4. Januar und der 2. März.«

»Korrekt«, sagte Gabi. »Die haben das immer recht gut getimt auf den Anfang des Monats. Und die Durchschleusung von einem der Auslandskonten auf ein deutsches ist offensichtlich, wenn man es erst mal verstanden hat. Da wurden dann auch mal zwei Beträge oder mehrere kombiniert, aber das lässt sich durch simple Addition aufschlüsseln.«

»Wundert mich ehrlich gesagt nicht«, sagte Maike. »Wir haben uns bereits gedacht, dass die gesamten Überweisungen Opfern zuzuordnen sind. Das jeweilige Datum, das in den Kugeln eingeritzt ist, ließ auf einen persönlichen Hintergrund schließen. Ich hatte da ehrlich gesagt eher an das Datum einer Verlobung gedacht oder so was.«

»Da wollten sich wahrscheinlich zwei Opfer rächen und gleichzeitig der Polizei eine lange Nase drehen«, sagte Sonja. »Ergibt sogar Sinn. Die Polizei konnte offensichtlich damals nicht helfen und die Überweisung nicht nachverfolgen. Das muss Hass ausgelöst haben. Sowohl auf den Täter als auch auf uns.«

»Aber die Kollegen haben doch sicherlich alles in ihrer Macht stehende getan«, protestierte Lukas. »Also im Rahmen ihrer Möglichkeiten.«

Sonja prustete. »Entschuldigung, Herr Kollege, aber wir beide kennen das Prozedere doch. Eine Anzeige gegen unbekannt wird aufgenommen. Das Ganze wandert zur Staatsanwaltschaft, die das jedoch direkt aufgrund der geringen Erfolgsaussichten wieder einstellt. Die aktuelle Gesetzeslage gibt nicht ansatzweise genug her, um solchen Fällen nachzugehen.«

Lukas runzelte die Stirn, sagte aber nichts.

»Das ist eine tolle Verbindung, Gabi«, sprach dafür Maike weiter. »Damit haben wir zwar den Beleg, dass die beiden Brüder Heiratsschwindler waren, der Weg zu den Opfern ist aber abgeschnitten. Die alten Konten existieren nicht mehr, an die Daten kommen wir nicht ran.«

»Und das wissen die Täterinnen auch«, sagte Sonja. »Die wären das Risiko niemals eingegangen, dass wir sie kriegen. Sie nutzen quasi die gleiche Schwäche des Systems, die verhindert hat, dass die Polizei die Klinkhammers schnappen konnte. Die wussten, dass es aussichtslos ist.«

»Hat was von Zunge rausstrecken.« Maike überlegte. »Das ärgert mich jetzt doch etwas. Mein Mitleidspegel sinkt. Aber im Gegensatz zu uns haben unsere Mörderinnen ihre Peiniger wohl gefunden.«

»Aber keiner der Befragten aus der zweiten Reihe hat bislang ein erkennbares Motiv oder über die Meditationskurse hinaus mit Klinkhammer eine Verbindung gehabt«, ergänzte Lukas.

»Also wie ich es drehe und wende, über den Weg des Geldes kommen wir nicht weiter«, sagte Sonja. »Da war meine letzte Hoffnung der Banker Florian Silberstahl. Was wir da auch versuchen, es ist aussichtslos und selbst die am weitest gegriffenen Ansätze benötigen Monate.«

»Zeugen können wir ebenfalls vergessen«, sagte Maike. »Durch diese Kräuter im Rauch ist jeder im vorderen Bereich des Meditationsstudios so vernebelt gewesen, dass niemand mehr was weiß.«

»Wobei es der Mörderin trotzdem gelungen ist, auf Patrick Klinkhammer zu schießen«, sagte Gabi. »Sie war von dem Zeug also nicht so stark betroffen.«

»Gute Anmerkung.« Sonja nickte ihr zu. »Der Schuss saß ja laut Obduktion recht exakt.«

»Gab es irgendwelche weiteren Zeugenaussagen, die uns weiterbringen könnten, bei euch in Oberteerbach?«, fragte Maike. »Nachbarn der beiden?«

Sonja schüttelte frustriert den Kopf. »Die Klinkhammers haben freundlich gegrüßt, wenn sie vorbeispaziert sind. Das wars. Niemand wusste mehr, keiner hat jemanden gesehen an dem Tag.«

Maike schlug auf ihre Sitzlehne. »Das kann doch nicht sein! Zwei hochintelligente Personen ziehen einen Betrug nach dem anderen über viele Jahre durch. Aber offensichtlich haben sie sich zweimal Opfer ausgesucht, die nicht weniger intelligent und durchtrieben sind. Das Bedürfnis nach Rache kann ich sogar nachvollziehen.«

»Wer nicht?«, fragte Sonja. »Diese Mistkerle haben Frau Rodriguez alles weggenommen, was sie sich erarbeitet hat. Die Kontoauszüge und Listen lassen darauf schließen, dass viele Frauen den Klinkhammers zum Opfer gefallen sind. So etwas ruiniert ein Leben, manchmal für immer.«

Maike sog scharf die Luft ein. »Ja. Das tut es. Jaaa!«

Sonja hob eine Augenbraue. »Ein Ja hätte völlig gereicht.«

»Gabi«, sagte Maike. »Fernanda Rodriguez musste aufgrund des Schwindels umziehen – von Lindenthal nach Chorweiler, ein echter Abstieg. Falls die Klinkhammers sich bei jedem ›Einsatz‹ reiche Frauen ausgesucht haben, die ihr Vermögen zum großen Teil verloren haben ...«

Sonja klatschte sich kurz gegen die Stirn. »... müssten diese innerhalb kürzester Zeit ihr Leben radikal ändern.«

Beide wechselten einen triumphierenden Blick.

Gabi eilte an die Tastatur. »Ich schaue mir das Melderegister der Personen aus der zweiten Reihe an.«

»Der Umzug müsste wohl recht krass ausgefallen sein«, sagte Maike. »Tiefer Fall und so.«

Sie stellte sich links hinter Gabi, Sonja rechts. Lukas quetschte sich neben sie. Alle drei starrten auf den Bildschirm. Gabi arbeitete sich durch die zweite Reihe der Zeugen.

Es gab jedoch keinen krassen Ausschlag nach oben oder unten. Einige der Personen waren in den letzten fünf Jahren einmal umgezogen, aber lediglich in graduell schlechtere oder bessere Viertel.

»Also am ehesten noch diese hier.« Gabi tippte auf den Monitor. »Karla von Thunbach. Klingt wie alter Adel. Wohnte ursprünglich in einer Villengegend, ist jedoch vor einem Dreivierteljahr umgezogen.«

Sie öffnete den Browser, rief Maps auf und gab zuerst die alte, dann die neue Adresse ein.

»Na ja, aber innerhalb von Bayenthal«, sagte Maike. »Von dem sehr großen Altbauhaus im Dichterviertel in die kleine Wohnung im Wohnpark.«

»Was trotzdem die Frage aufwirft, wieso sie hier in Niederteerbach einen Meditationskurs besucht«, sagte Sonja. »Wenn es die einzige Spur ist, sollten wir ihr nachgehen. Oder nicht?«

»Das denke ich auch.« Maike zuckte mit den Schultern. »Letztlich werden wir sowieso noch mal alle Anwesenden befragen müssen, sobald wir exakt wissen, wer wo saß. Ohne weitere Indizien hängen wir sonst fest.«

»Ach, apropos«, kam es von Gabi. »Zoe hat uns jetzt das 3D-Modell geschickt, das der befreundete Kollege von Thomas bei der KT angefertigt hat. Sie lässt liebe Grüße ausrichten.«

Sonjas Braue wanderte in die Höhe. »Wir bekommen es erst morgen. Mit der Post.«

Maike räusperte sich. »Vor dem Gespräch. Das war alles vor dem Gespräch. Lukas, schreibst du bitte unsere heutigen gemeinsamen Erkenntnisse in ein Protokoll und lässt es Herrn Breuer und Staatsanwalt Grasso zukommen, ja?«

»Du meinst jetzt aber schon Jens und Sandro, oder?«, fragte Sonja keck.

Maike stöhnte innerlich auf. Zusammenarbeiten ja, aber lieben musste sie die Kollegin ja nicht unbedingt.

»Wird gemacht«, erwiderte Lukas.

»Dann würde ich sagen, wir befragen die Zeugin gemeinsam«, sagte Maike. »Wenigstens ist es eine schöne Gegend, in die wir fahren.«

Und sie konnte innerlich nur flehen, dass es endlich den ersehnten Durchbruch gab.

# Kapitel 14

Trotz schöner Gegend war der Wohnpark selbst doch eher trostlos. Etwas heruntergekommene Apartmenthäuser, deren rote Fassaden einen neuen Anstrich vertragen hätten.

Sonja betrachtete die idyllische Umgebung und lächelte. »Hat was von unserem Oberteerbach.«

»Wie bist du dort denn überhaupt gelandet?«, fragte Maike.

»Habe die Versetzung beantragt«, antwortete Sonja. »In Köln soll doch eine neue Ermittlergruppe für Cold Cases gegründet werden, da ist noch eine Stelle offen. Jens hält die aber wohl für jemanden frei, der sich bisher nicht entschieden hat.«

»Auf Köln gezielt und knapp daneben«, sagte Maike.

»Ist mir lieber als dein Grund.« Sonja bedachte sie mit einem tiefen Blick. »Dass du nach so vielen Jahren den Mord an deiner Freundin hast aufklären können – Respekt.«

Maike nahm das Lob gelassen zur Kenntnis, innerlich glühte sie allerdings.

Sie stiegen drei Stufen empor und betätigten die Klingel. Es rumorte, dann öffnete eine Frau, die Maike vage vertraut vorkam.

»Frau von Thunbach?«, fragte Maike.

»Die bin ich. Karla von Thunbach.« Sie nickte abgehackt. »Ihr Kollege wollte sich doch melden, falls noch Fragen offen sind. Ich wäre auch zum Revier gekommen.«

Maikes Alarmglocken stimmten einen Ton an, der ›Freude schöner Götterfunke‹ durchaus nahekam. Niemand Unschuldiges bevorzugte es, über eine halbe Stunde nach Niederteerbach zu fahren, wenn er auch zu Hause besucht werden konnte.

»Wir wollten es Ihnen und den anderen Zeugen leicht machen«, erklärte Sonja. »Dürfen wir kurz hereinkommen?«

Karla von Thunbach war eine Frau in den Vierzigern, deren Mundwinkel sich tief eingegraben hatten. Auf diese Art wirkte sie dauerhaft mürrisch. Lediglich die Lachfalten um ihre Augen kündeten davon, dass sie früher eher fröhlicher Natur gewesen war. Das dunkle Haar fiel ihr in Wellen bis auf die Schulter.

»Also schön.« Sie gab den Weg frei.

Maike war einen Tick schneller und betrat vor Sonja die Wohnung. Im Gang stand ein Ständer für Jacken, ein Teppich lag aus. Bereits dahinter wurde jedoch klar, dass Karla von Thunbach finanzielle Probleme hatte. Die Wände hatten keinerlei Behang, im Wohnzimmer standen lediglich eine Couch und ein Fernsehtisch. Die Hälfte der Möbel fehlte.

»Ich richte gerade neu ein«, sagte Karla von Thunbach hastig, als sie die Blicke der beiden Kommissarinnen bemerkte. »Einiges ist noch nicht angekommen. Lieferschwierigkeiten.« Ein künstliches Lachen folgte. »Da hätte ich warten sollen, bevor ich die alten Sachen rauswerfe. Aber in dieser Saison ist dunkles Leder einfach out. Da konnte ich nicht anders.«

»Natürlich«, sagte Maike. »Bei dunklem Leder gibt es kein Pardon.«

Sie traten in das Wohnzimmer.

Karla von Thunbach deutete auf die Couch. »Setzen Sie sich.«

Im Flur rumorte etwas.

»Ist noch jemand hier?«, fragte Sonja.

»Lediglich meine Schwester«, sagte Karla von Thunbach. »Sie ist vor Kurzem hier eingezogen.«

Maike runzelte die Stirn. »Unter Ihrer Meldeadresse ist gar niemand sonst gemeldet.«

»Wie ich sagte, es ist erst seit Kurzem.«

Schritte erklangen. Maike hätte sich keinen Augenblick gewundert, wenn eine Zwillingsschwester aus dem Nebenraum gekommen wäre, doch die Frau, die jetzt das Wohnzimmer betrat, glich ihrer Schwester kaum.

Sie nickte in die Runde. »Guten Tag.«

Maike stellte Sonja und sich vor.

»Carolin von Thunbach«, erwiderte sie und nahm neben dem Fernseher Aufstellung.

Zum Sitzen war leider kein ausreichender Platz vorhanden.

»Sie leben also hier mit Ihrer Schwester?«, fragte Sonja.

»Seit Kurzem«, sagte Carolin von Thunbach.

Gut geschaltet, dachte Maike. Sie ging jede Wette ein, dass die alte Meldeadresse von Carolin von Thunbach schon länger nicht mehr stimmte.

Maike wandte sich Karla von Thunbach zu. »Und Ihnen gehört diese Wohnung?«

»Uns«, stellte Carolin von Thunbach klar. »Gemeinsam. Und nur zur Miete. Allerdings ist es lediglich ein Zwischenschritt, es ist doch etwas klein für unsere Ansprüche. Wir haben einen Blick auf eine Villa geworfen.«

»Natürlich«, sagte Sonja. »Reicht das hier nicht für zwei?«

»Ich bitte Sie.« Karla von Thunbach rümpfte die Nase. »Es sind 64 Quadratmeter. Eine gewisse Art von Klasse benötigt man doch auch in temporären Domizilen.«

Maike hatte ihren Notizblock hervorgeholt.

»Und deshalb auch nur die Miete?«, hakte Sonja unschuldig nach.

»Genau«, sagte Carolin von Thunbach nach kurzem Zögern. »Wenn es in Kürze weitergeht, lohnt sich ein Kauf nicht. Aber warum sind Sie denn jetzt hier? Es geht ja sicher nicht um unsere Wohnsituation?«

Genau um die ging es, aber das mussten die beiden Grazien ja nicht wissen.

»Wir müssen da ganz offen sein«, sagte Sonja, »wir tappen noch im Dunkeln, was den Mord an Herrn Klinkhammer angeht. Unsere Spurensicherung ist zuerst davon ausgegangen, dass der Täter – vermutlich ein Geschäftspartner von einem der Herrn Klinkhammers – über den Balkon geflohen ist. Später mussten wir das revidieren. Mit den Details will ich Sie gar nicht langweilen. Bedauerlicherweise gab es an der Tür des Studios Schmauchspuren.«

»Schmau... was?« Karla von Thunbach blinzelte treudoof.

Spätestens jetzt hätte Maike ihr gern Handschellen angelegt. Jeder Idiot hatte die Bezeichnung schon mal gehört.

»Pulverrückstände«, sprang Maike gespielt freundlich bei. »Sie waren an der Tür und deshalb auch an Ihren Händen. Es ist also unsere Pflicht, dass wir Sie noch mal befragen. Ihnen ist wirklich nichts aufgefallen?«

Karla von Thunbach schüttelte bedauernd den Kopf. »Ich würde Ihnen ja so gerne helfen. Der Herr Klinkhammer war ein ganz Netter.«

»Ja so nett«, warf Carolin von Thunbach ein.

»Ach, Sie kannten ihn auch?«, fragte Sonja.

»Also ... nur von den Videos. Auf YouTube«, sagte sie hastig. »Aber darin war er ein ganz Netter.«

»Tja, wenn Sie beide uns nicht weiterhelfen können ...« Maike zuckte mit den Schultern und packte den Notizblock weg. »Wir werden wohl noch einmal das Meditationsstudio durchsuchen müssen. Möglicherweise finden wir dort noch Hinweise, die wir übersehen haben.«

»Das ist natürlich ärgerlich, dass diese Schmauchspuren nicht weiterhelfen«, sagte Karla von Thunbach.

»Ja, sehen Sie, das würde sich ändern, wenn wir die Tatwaffe finden«, erklärte Maike.

»Ach?« Karla von Thunbach blinzelte. »Aber dieser mörderische Geschäftskollege hat doch bestimmt Handschuhe getragen.«

»Sie können nur dünn gewesen sein«, sagte Maike. »Sonst wäre es ja aufgefallen. Da käme Schmauch problemlos durch. Und wenn wir die Zusammensetzung der Partikelreste unter einem ... äähh ... Bunsenmikroskop untersuchen, können wir sie von anderen Schmauchspuren – selbst wenn sie die gleiche Art von Patronen genommen haben – unterscheiden. Dann haben wir ihn.«

Schweigend starrte Carolin von Thunbach sie an.

»Und da wir von allen Anwesenden die Abdrücke genommen haben, ist der Täter dann erledigt.« Maike klatschte in die Hände.

Beide Schwestern zuckten zusammen.

»Das ist toll«, sagte Carolin ohne jeden Enthusiasmus.

»Ganz fabelhaft«, ergänzte Karla.

»Danke für Ihre Mithilfe«, sagte Maike.

Sie verabschiedeten sich und ließen die beiden in ihrer temporären Wohnung zurück.

»Bunsenmikroskop?«, sagte Sonja amüsiert auf dem Weg zum Auto.

Maike lachte kurz. »Bin irgendwo falsch abgebogen. So gedanklich. Und dann haben sich der Bunsenbrenner und das Elektronenmikroskop vermischt.«

»Na, hoffen wir, dass die beiden das geschluckt haben.« Sonja lächelte böse. »Sieht wohl so aus, als machen wir noch einmal einen Abstecher zum Ort deiner inneren Mitte.«

»Haha«, sagte Maike.

Sie fuhren zurück nach Niederteerbach. Dort fassten sie für Lukas und Gabi die Ergebnisse der Befragung zusammen. Alle zogen die gleichen Schlüsse aus dem Verhalten der Schwestern. Und mit etwas Glück tappten sie in die Falle.

»Du hast doch die Schlüssel für das Studio noch?«, fragte Maike.

Lukas zog sie aus der Schublade und warf ihr den Bund zu. Dann machten sie sich zu dritt auf ins Meditationsstudio.

Gabi würde Position in der Nähe beziehen und die Ankunft von Karla und Carolin von Thunbach über Funk melden.

Als sie im Spa-Center ankamen und gemeinsam die Treppe nach oben stiegen, dämmerte es bereits.

Maike steckte den Schlüssel ins Schloss.

»Ich sag's euch, in diesem Meditationsstudio werden wir die Schuldigen verhaften.« Maike runzelte die Stirn. »Seltsam, es ist offen.«

Gemeinsam traten sie ein.

Eine überraschte Stimme rief: »Maike!«.

»Sarah!«, rief Maike mit überschlagender Stimme. »Herr von Marking!«

»Nicholas reicht, Frau Pech«, krächzte dieser.

»Für Sie immer noch Frau Kriminalhauptkommissarin Pech.«

»Ach Maike, jetzt werd nicht wieder peinlich und denk an deine innere Mitte«, sagte Sarah gereizt.

»Wenn es eine Person auf dieser Welt gibt, die meine innere Mitte permanent zerstört, bist du das!« Sie funkelte ihre Nichte an. »Wie seid ihr überhaupt hier hereingekommen?«

Nicholas räusperte sich. »Die Frau Bürgermeisterin hat für alle wichtigen Gebäude Generalschlüssel.« Er zog einen Schlüsselbund aus der Umhängetasche, an dem locker hundert Schlüssel baumelten.

Maikes Kiefer sackte ab. »Auch von Privatgebäuden?«

»Nun ja, falls mal ein Notfall ist und sie schnell ein-
greifen mu....« Nicholas zuckte mit den Schultern. »Da
darf ich keine Auskunft geben.«

»Nein«, sagte Maike eisig. »Es ist gegen das Gesetz!«

»Ach Maike, jetzt lass doch gut sein. Die Bürgermeisterin wollte mich einfach bei meinem neuen Crime-Podcast unterstützen. Das ist doch total nett.«

»Deinem was? Wo kommt das denn jetzt auf einmal
her, Crime-Podcast?!«

»Äußere Einflüsse«, sagte Sarah. »Du weißt schon, Fa-
milienbusiness.«

Maike konnte ihre Stimme kaum zügeln. »Du kannst
gleich einen True-Crime-Podcast aus einer Arrestzelle
aufnehmen!«

»Echt, würde das gehen?« Sarahs Augen leuchteten.
»Das würde voll die Listener geben. Und wenn ich dazu
für YouTube ein Video drehe, gibt das ohne Ende
Views.«

»Und wenn du nicht gleich still bist, gibt es Hand-
cuffs.«

»Handschellen?«, fragte Sarah empört.

Lukas räusperte sich neben ihr.

»Ich weiß«, sagte Maike leise, »ist gegen die Vorschriften.«

Er nickte zufrieden.

»Ich will dieses familiäre Stelldichein ja nicht unter-
brechen, aber unter Umständen tauchen hier gleich
zwei Mörderinnen auf«, sagte Sonja.

»Was echt? Das ist ja megacool!« Sarah strahlte über
das ganze Gesicht.

Maike hatte bei ihrem Eintreten das Licht nicht ange-
schaltet. Dass Sarah und Nicholas für die ›Podcast-

Aufnahmen‹ auch nichts dergleichen getan hatten, war klar. Digitalisieren 2.0, sozusagen. Von außen war also von ihrer Anwesenheit nichts zu bemerken.

»Ihr beiden werdet auf keinen Fall hierbleiben«, sagte Maike.

»Natürlich nicht«, versicherte Nicholas und wollte schon gehen.

Sarah hielt ihn fest. »Tantchen, du solltest deine Familie – also mich – mehr unterstützen. So ein Crime Podcast kann euer Revier aufwerten. Die Bürgermeisterin fand das ganz toll. Sie ist auch schon dabei, den neuen Social-Media-Account anzulegen, um den Lukas gebeten hat.«

Maike wandte sich ihrem Kollegen zu. »Bitte was?«

»Du hast gesagt, ich kann fragen.«

»Aber ich dachte doch nicht, dass du das ernsthaft tust!«, rief sie. »Gibt das jetzt Selfies beim morgendlichen Kaffee?«

Sarah wandte sich an Lukas. »Wollen wir dann eine Collaboration machen? Gemeinsame Videos und …«

»Ihr macht keine Kollaboration«, stellte Maike klar. »Sind hier denn alle verrückt geworden?«

Sonja stand an der Seite, hatte die Arme verschränkt und genoss das Schauspiel sichtlich. Vermutlich erfuhr Bürgermeister Herzog noch heute davon. Maike sah die Social-Media-Schlacht schon in all ihrer Pracht vor sich ablaufen.

»Los, ihr geht«, befahl Maike.

Mit einem Schmollmund trottete Sarah davon, Nicholas hinterher.

Lukas Handy vibrierte. »Gabi schreibt. Die beiden Schwestern kommen.«

Maike stieß einen Fluch aus. Schnell rannte sie zu Sarah, hielt sie zurück und schloss die Tür ab. »Ihr könnt nicht gehen, die sehen euch sonst.«

»Das ist so cool.«

»Ins Büro vom Klinkhammer«, befahl Maike. »Alle. Sofort.«

Der Raum war nicht groß, bot aber ausreichend Platz. Vor dem Fenster war längst die Dunkelheit heraufgezogen, worauf die beiden Schwestern vermutlich gewartet hatten. Zwei Schatten tauchten vor der Tür auf.

»Jetzt keinen Mucks mehr«, flüsterte Maike.

Sie hatten die Tür zum Büro bis auf einen schmalen Spalt geschlossen. Der war gerade ausreichend breit, dass Maike hindurchblicken konnte. Sarah ging auf alle viere und lugte unter ihrer Tante hindurch. Sonja war etwas größer und Maike spürte ihr Kinn auf dem Kopf.

Lukas stieg auf einen Stuhl und blickte von ganz oben auf die Ereignisse im Raum nebenan.

Einzig Nicholas hatte sich zurückgezogen und hoffte wohl nur darauf, lebend aus dieser Sache herauszukommen. Und vor den Mörderinnen hatte er bestimmt auch Angst.

Etwas klimperte. Die Tür wurde geöffnet.

Besitzt in diesem verdammten Dorf eigentlich jeder Nachschlüssel?, überlegte Maike. Möglicherweise sollte sie das Schloss ihrer Wohnungstür austauschen. Wer konnte schon vorhersehen, ob die Graefe nicht eines Nachts vor ihrem Bett stand.

Zwei Silhouetten zeichneten sich vor dem hereinfallenden Licht der Straßenlaternen ab. Sie bewegten sich auf die Schalen-Konstruktion von Patrick Klinkhammer zu, in der bis zum Morgen noch die Tatwaffe gelegen hatte.

Damit hatten sie die beiden.

# Kapitel 15

»Dreimal musste ich an diesem Kurs teilnehmen«, flüsterte Karla von Thunbach. »Kannst du dir das vorstellen?«

Die beiden Schwestern sprachen leise, obwohl sie davon ausgehen mussten, dass niemand hier war. Eine typische Reaktion von Menschen, die sich durch die Dunkelheit bewegten und etwas Verbotenes taten.

»Wenigstens hat der Schuss am Ende absolut akkurat gesessen«, sagte Karla von Thunbach. »Nach dem dritten Mal hat dieses furchtbare Halluzinogen weniger Wirkung gezeigt. Zusammen mit den Nasenfiltern hat es gereicht. Ich konnte ihn problemlos eliminieren.«

Sie schritt resolut auf die Schalenkonstruktion zu.

»Du hättest das Gesicht von Pascal sehen sollen«, sagte Carolin. »Als ich plötzlich vor ihm stand und erklärt habe, wer mich schickt ... Kreidebleich ist er geworden.«

Die beiden erreichten den vorderen Bereich des Raums und machten sich am Gitter zu schaffen.

»Das hätte natürlich schiefgehen können«, ergänzte Carolin von Thunbach.

»Ach, die Ordnungskräfte sind doch durch alle möglichen Einschränkungen limitiert«, sagte Karla. »Die

Unsportliche hatte keine Ahnung, das war der anzusehen. Eindeutig ungebildetes Proletariat.«

Maike bereute es, den Schlagstock nicht mitgebracht zu haben.

»Die andere sah aber recht pfiffig aus«, kam es von Carolin von Thunbach. »Ich dachte schon, die packt uns gleich beide mit ein. Eindeutig akademisches und gehobenes Elternhaus, ich habe da eine Verbindung zwischen uns gespürt.«

»Damals hat die Polizei uns hängen lassen, als wir sie am dringendsten gebraucht haben.« Etwas schabte und Karla von Thunbach zog eine Pistole aus der Asche.

Neben Maike atmete Sarah scharf ein.

Maike riss die Tür auf und betätigte den Lichtschalter. »Guten Abend, die Damen.«

Sonja trat an ihrer Seite in den Meditationsraum.

Karla von Thunbach riss die Pistole in die Höhe. »Ich warne Sie, bleiben Sie stehen!«

»Eine Waffe auf Polizisten zu richten ist niemals eine gute Idee«, sagte Maike, die Stimme eisig. »Wir wissen, dass Sie und Ihre Schwester Patrick und Pascal Klinkhammer umgebracht haben. Wir wissen auch, dass die Herren Heiratsschwindler waren.«

»Ich wusste, dass sie uns kriegen«, sagte Carolin weinerlich.

»Bewahre Haltung!«, sagte Karla von Thunbach aufgebracht. »Wir gehen jetzt zur Tür und Sie werden uns nicht aufhalten.«

»Wie haben die beiden Sie hereingelegt?«, fragte Sonja.

»Dieser elende Pascal«, sagte Karla abschätzig. »Damals nannte er sich Bernd. Hat mir die große Liebe vorgespielt. Und während er mich kennengelernt hat, habe ich ihm von meiner Schwester erzählt, zu der ich seit Jahren keinen Kontakt hatte.«

»Auftritt, Patrick Klinkhammer«, sagte Maike.

Carolin nickte. »Ist auf der Straße in mich reingerannt und hat sich so charmant bei mir entschuldigt, dass ich sofort im siebten Himmel war.« Sie hielt sich am Arm ihrer Schwester fest. »Die beiden haben uns gleichzeitig um den Finger gewickelt. Am Ende haben wir ihnen die Hälfte unseres Vermögens gegeben. Die andere haben sie gestohlen.«

»Sie haben nie Anzeige erstattet«, sagte Maike.

»Doch, durchaus.« Karla hatte die Hälfte des Weges zur Tür zurückgelegt. »Mir war es zu peinlich. Aber Carolin hat ihn angezeigt.«

Maike fluchte innerlich. Karla war bei der Meditation anwesend gewesen und deshalb hatten sie nur sie überprüft. Doch bei ihr hatte keine Anzeige vorgelegen. Carolin hatten sie erst durch den Besuch kennengelernt und in der kurzen Zeit seither keine Prüfung durchführen können.

»Die Anzeige blieb erfolglos«, fuhr Karla abfällig fort. »Völlig unfähig war sie, diese Staatsanwaltschaft. Ich erfuhr erst von ihrer Anzeige, als ich meine Schwester trotz unserer Entfremdung um Hilfe gebeten habe. Da wurde klar, dass ihr das Gleiche geschehen war. Wir haben angefangen zu recherchieren. So kamen wir über ein Forum von Betroffenen auf eine Bank in Mannheim, die Kontakte zu einer spanischen Bank unterhält. Dort hat man wohl öfter Hilfeersuchen abgelehnt. Unter einem Vorwand haben wir verschiedene Angestellte aufgesucht – natürlich mit Perücke und

Verkleidung – und tatsächlich auf einem Flyer in Silberstahls Büro dann die Klinkhammers erkannt. Werbung für das Meditationsstudio. Von da war es nur noch ein kleiner Schritt.«

Maike folgte den beiden Frauen gemächlich. »Ich muss schon sagen, Sie haben das gut durchgezogen. Wollen Sie mir noch sagen, wie das Ganze ablief? Bevor Sie gleich abhauen und Ihr Leben auf der Flucht verbringen?«

Karla schnaubte überheblich. »Stellen Sie sich nicht so an. Wir mussten weitaus Schlimmeres durchmachen. Und niemand hat uns geholfen. Ich habe mir den Schlüssel für das Studio nachgemacht, als ich den Kurs zum ersten Mal besucht habe. Und am Abend vor der Tat konnte ich durch kleinere Zündungen Schmauch an den Türen und an der Feuerleiter anbringen.« Karla wirkte zufrieden. »So was ist recht simpel. Morgens vor der Meditationsstunde habe ich zu Hause meine Hände damit eingerieben und dann einen hauchdünnen Silikonhandschuh darübergezogen. Ist niemandem aufgefallen. Nach dem Schuss musste ich im Chaos und der Benebelung lediglich Waffe und Handschuh in dieser scheußlichen Konstruktion entsorgen. Am Abend davor hatte ich die Schrauben aus dem Gitter gedreht, damit ich es anheben konnte.«

»Na ja«, sagte Carolin. »Und ich habe einfach bei dem Bruder geklingelt und gesagt, ich sei eine Nachbarin. Ihn dann zu erschießen war leicht, als er ins Wohnzimmer ging. Das erschien mir auch effektiv.«

»Das Ergebnis zählt«, ergänzte Karla.

»Und verspüren Sie Reue?!«, rief Sarah aus dem Büro von Patrick Klinkhammer.

Karla blieb verdutzt stehen. »Wer ist denn das?«

»Das tut jetzt nichts zur Sache.« Über die Schulter rief sie: »Und du bist still!«

»Tut es sehr wohl«, stellte Karla klar. »Kein bisschen Reue spüre ich. Und Carolin ebenfalls nicht.«

»Ich ebenfalls nicht!«, bestätigte Carolin.

»Diese beiden haben uns alles genommen. Unser Geld. Unsere Würde. Jede Perspektive.« Klaras Stirn legte sich in Falten. »Sie haben doch gesehen, unter welch erbärmlichen Bedingungen wir unser Dasein fristen.«

»In der gemieteten Wohnung«, sagte Maike trocken.

»Eben!« Karla fuchtelte mit der Pistole in ihre Richtung. »Würdelos. Nicht einmal eine Reinigungskraft war bezahlbar. In unserem Elternhaus hatten wir noch einen Butler. Die Reinigungskräfte wussten, was zu tun war, der Koch war Meister seines Fachs.« Ihre Augen bekamen einen fernen Glanz.

»Aber wieso haben Sie das Geld denn überhaupt hergegeben?«, fragte Maike jetzt doch.

Karla seufzte. »Wir wollten mit der Zeit gehen. Und da hatte Bernd – dieser Tarnname hätte mir alles sagen müssen – eine moderne Idee.«

»Kryogeld«, rief Carolin.

»Es heißt Kryptogeld«, fuhr Karla sie an. »Kryo ist die Sache mit dem Einfrieren, das waren die Aktien dieser Firma, die nach dem Tod den Körper konserviert. Leider auch pleite gegangen. Kryptogeld ist eine digitale Währung.«

»Entschuldigung.« Carolin hielt sich noch fester am Arm ihrer Schwester fest.

»Kein Wunder, dass ›Josef‹ dich so um den Finger wickeln konnte«, ätzte Karla.

Diesen falschen Namen hatte Patrick Klinkhammer also für Carolin benutzt.

»Na, du hast ›Bernd‹ aber auch alles in den Rachen gesteckt. «, gab Carolin zurück.

Maike hatte wirklich genug von diesem Schauspiel. »Brauchen wir noch irgendetwas?«

Sonja schüttelte den Kopf.

»Also schön, ich die eine Schwester, du die andere«, sagte Maike. »Und jetzt bringen wir dieses Drama hinter uns.«

Bevor sie zur Tat schreiten konnten, wurde die Tür von außen geöffnet.

»Ja guten Abend zusammen«, sagte eine strahlende Bürgermeisterin Sabine Graefe. »Da komme ich ja gerade richtig. Sind das Aufnahmen für den Crime-Podcast?«

»Wer sind denn Sie?«, fragte Karla von Thunbach, die offenbar nicht mehr wusste, wohin sie die Waffe richten sollte.

»Sie spielen das ganz hervorragend«, sagte die Bürgermeisterin. »Aber dass Sie mich nicht erkennen, ist unrealistisch. Ah, und Sie haben die Pistole in der Hand, die ich vorhin auf dem Revier hab liegen sehen. Frau Petzold hat mir erzählt, dass sie hierhergebracht wird. Und als dann Herr von Marking mir von dem Podcast berichtet hat, habe ich natürlich gerne dazu beigetragen. Sie können mich jederzeit um jeden Schlüssel bitten, Frau Pech. Das ist selbstverständlich. Denken Sie, da ist eine kleine Rolle für mich drin?«

Karla von Thunbach starrte verdutzt die Waffe in ihrer Hand an. »Das ist ja gar nicht meine.«

»Nein, Frau von Thunbach, das ist sie nicht«, sagte Maike mit einem Seufzen. »Wir sind nämlich nicht ganz so dämlich, wie Sie denken. Deshalb habe ich auf der Fahrt von Köln hierher die Kollegin gebeten, eine unserer Waffen zu entladen und hier zu hinterlegen. Täter erzählen uns immer etwas mehr, wenn wir sie in Sicherheit wiegen.«

Der Blick der Bürgermeisterin sauste hin und her zwischen Maike, den beiden Schwestern und blieb schließlich an Sonja hängen. »Sie sind doch Messer-Schrunz.«

Maike schritt zur Tat. »Karla von Thunbach, ich verhafte Sie wegen Mordes an Patrick Klinkhammer.«

Gleichzeitig verhaftete Sonja die Schwester.

Bürgermeisterin Graefe riss die Augen auf. »Hat sich jemand hier gemerkt, wer den Fall gewonnen hat? Ich meine ... wer die Erste war?«

Die Tür öffnete sich erneut. »Also, Frau Bürgermeisterin, wieso brauchen Sie denn für einen Podcast Bilder? Gibt es denn ...« Ingo Brandt starrte verdutzt auf Maike, Sonja und die beiden Frauen in Handschellen.

Die Bürgermeisterin schaltete sofort um. »Verhaftung, live! Nun knipsen Sie schon.«

Schnell wie ein Lidschlag stand die Graefe zwischen Maike mit Karla von Thunbach auf der einen und Sonja mit Carolin von Thunbach auf der anderen Seite.

Die Kamera klickte.

»Das ist Teamwork in Niederteerbach«, rief die Graefe. »Den Rest diktiere ich später.«

Schon ließ sie von ihnen ab und glitt wie das Zentrum der Aufmerksamkeit zu Nicholas und Sarah. Alle drei begannen mit einer Unterhaltung.

»Läuft das hier immer so?«, fragte Sonja.

»Viel zu oft«, gab Maike zu.

Sonja zuckte mit den Schultern. »Hat was.«

Gemeinsam führten sie die beiden Schwestern hinüber auf die Wache und direkt in die Zelle, von wo die Überstellung nach Köln in wenigen Stunden anstand. Kurz darauf klingelte das Handy von Sonja. Bürgermeister Wilhelm Herzog rief an.

»Bestimmt hat die Graefe ihn bereits informiert«, vermutete Maike.

»Ich bring es lieber hinter mich, immerhin ist es ein Fünfzig-Prozent-Sieg.« Sie verabschiedete sich in die Runde und ging.

»Na, da wird der Horst aber gar nicht glücklich sein«, sagte Gabi. »Wenn beide gewonnen haben, wer bekommt denn dann den Lostopf?«

»Das«, sagte Maike, »ist mir vollkommen egal. Die Mörderschwestern sind hinter Schloss und Riegel, alle sind mehr oder weniger glücklich, und dieser ganze dämliche Wettstreit ist vorüber. So muss das sein. Und weil es bereits eine Stunde vor Mitternacht ist, habe ich jetzt Feierabend.«

Lukas nickte gewichtig. »Die Kern- und sogar die Gleitzeiten sind vorbei.«

»Ach«, sagte Maike. »Wir haben Gleitzeiten? Wusste ich gar nicht.«

»Du nutzt sie aber jeden Tag«, erwiderte Lukas.

Sie zwinkerte ihm zu. »Das ist eher versehentlich.«

»Lieben Gruß an Martin«, rief Gabi noch.

Maike stöhnte auf. »Gibt es auch etwas, das du nicht erfährst?«

»Hoffentlich nicht«, hörte sie Gabi abschließend sagen, dann machte sich Maike auf den Weg nach Hause.

# Epilog

»Ich gebe zu, damit hätte ich nicht gerechnet«, sagte Maike.

Sie saßen an einem ausklappbaren Plastiktisch auf ebensolchen Stühlen. Martin hatte sie zu einer Lichtung in einem nahe gelegenen Wäldchen gefahren. Die Sonne war untergegangen, doch es war noch immer warm.

Überall waren LED-Kerzen aufgestellt, Picknickutensilien standen auf dem Tisch. Sogar eine Kühltasche daneben. Das war tausendmal besser als ein piekfeines Restaurant in Köln.

»Das wird jetzt aber kein Antrag, oder?«, fragte Maike.

»Bist du irre?«, erwiderte Martin.

Innerlich atmete sie auf. Sie hatte schon befürchtet, dass er plötzlich zum Softie mit Torschlusspanik geworden war. Sie mochte ihn, weil er eben genau das nicht war.

Diese Auszeit konnte sie wirklich genießen.

Nach der Verhaftung der Schwestern hatten sich Sonja Messer-Schrunz und Maike noch einmal das Studio angesehen. Denn die Frage, warum Frau Adrigal nicht hatte putzen dürfen, hatte noch immer im Raum gestanden. Wie sich herausstellte, gab es hinter einem Lüftungsschacht einen versteckten Ordner. Quasi das

Schwarze Buch der Brüder. Darin waren noch ein paar Konten in Lichtenstein aufgelistet, inklusive den zugehörigen Opfern. Maike hatte Frau Rodriguez die Nachricht überbracht, dass ein Teil des Geldes wieder aufgetaucht war. Am Telefon war sie in Tränen der Freude ausgebrochen.

Martin holte sie ins Hier und Jetzt zurück. »Nachdem du einen Fall aufgeklärt hast, sollten wir das auch feiern.«

Maike nahm eine Flasche Kölsch entgegen und sie stießen an. »Das hat mein Vater auch immer gesagt. Feier jeden Erfolg, du weißt nie, ob es der letzte ist.«

»Autsch«, sagte Martin. »Ziemlich düster.«

»Letztlich hatte er damit recht. Er ist im Dienst gestorben.« Sie schüttelte den Kopf, um die Erinnerung loszuwerden. »Aber die Sache mit dem Feiern ist doch ein guter Rat gewesen.«

»Normalerweise würde ich dir ja von meinem Tag erzählen«, sagte er. »War nur leider ziemlich ereignislos. Habe stundenlang mit den Tachmoinern rumgehangen, während Harald den Picknickkorb zusammengestellt hat.«

»Du hast mit den Tachmoinern rumgehangen?« Maike lachte auf. »Aus dir wird ja noch ein richtiger Niederteerbacher.«

»Na, wollen wir es mal nicht übertreiben. Von Berlin nach Niederteerbach, dieser Kulturschock ist für dich reserviert.« Er trank einen Schluck. »Aber Köln wäre doch was.«

Maike legte ihren Kopf schief und forschte in seinem Blick. »Meinst du das ernst?«

»Es gibt da eine Stelle in Köln«, sagte er. »Die Kölner waren wohl recht zufrieden mit mir, als ich bei den Billie-Ermittlungen geholfen habe. Jens würde mich gerne in der neuen Cold-Cases-SoKo dabeihaben.«

Maike begriff. »Du hast der armen Messer-Schrunz die Stelle blockiert. Und dafür habe ich sie jetzt an der Backe!«

»Ich dachte, du nennst sie mittlerweile bei ihrem Vornamen.«

»Das war nur temporär«, sagte Maike. »Freundinnen werden wir nicht mehr.«

Martin schwieg.

Er wartete auf eine Antwort. Von ihr. Dass Martin nach Köln kommen wollte, hatte er klar gemacht. Doch er war niemand, der sich aufdrängte.

Falls Maike ihm signalisierte, dass das keine gute Idee sei, würde er in Berlin bleiben.

Und dann?

Irgendwo, da war Maike sicher, saß Doktorin Teppenmeier und hielt die Hand über ihre Buzzer. Würde es der Zonk werden oder die Fanfare?

Maike atmete tief durch.

Dann gab sie Martin eine Antwort.